U0081460

將有你的習慣，加密

思末 著

推薦序

《迷霧裡的她》作者／能雪悅

我是能雪悅，很榮幸能受到思末的邀請來為本書撰寫推薦序，更驚喜的是得知此書要出版的消息，在此也要再次恭喜思末。

對於喜歡的書籍，我總是會想收藏實體書，所以當得知這個消息時，心裡很開心、也很期待出版日的到來。

第一次閱讀這個故事是在兩年前的時候，時隔了兩年，雖然對於劇情的細節不如當初這麼詳細，但這本書仍然在我心裡佔有一席之地。

有些故事，或許能夠在閱讀的當下記得它，但時間久了，印象也會變得模糊甚至是淡忘。可是這部作品，卻在兩年之後，仍然是被我記在心裡的故事。

我還記得我曾經被孫景熙撩到心花怒放、也曾經不諒解過他，卻也心疼過他和他們。

雖然這不算是一個讓人看了感到輕鬆的故事，但在思末的文字底下，即使是略帶難過和沉重的劇情，後來總能被思末靈活的文字治癒，令人緊張又猜不透的故事發展、高潮迭起的劇情更讓我捨不得從

這個故事裡移開視線。

我由衷想說的是，無論是這個故事、還是思末的文字，都是值得被認識的。

這兩年的時間，我偶爾也會想起思末的文字，也一直期待她的新作。我想，身為作者能做到讓人期待自己日後寫下的故事、以及能寫出讓人記得的故事，是一件非常不簡單的事情。但是這樣的事，思末做到了。

第一章
所謂習慣

天下最莫可思議的力量不是海枯石爛的愛情，也不是兩肋插刀的友情，而是習慣這種東西，在人們的意念中悄然埋下的種子，根深蒂固。

就好比劉蓉在〈習慣說〉裡提到的：「足履平地，不與窪適也；及其久，而漥者若平。至使久而即乎其故，則反窒焉而不寧。」

我完全認同他所撰寫的這番理論。

的確，我每天都坐在圖書館的櫃台前，目睹訪客迎面撞上近來已經修好的玻璃自動門；情況大概就是他們本來好不容易適應沒有門的圖書館，豈料門又突然修好，以致於大家再度陷入適應不良的惡性循環，頻頻撞門。

興許是上帝也愛看他們撞門吧，可我只擔心玻璃又被撞破。

默哀半秒，我將書封褪黃發皺的《養晦堂詩文集》如視珍寶地輕輕納入手提袋，而後圍巾收緊，等待捷運到站時走在三兩為伍的乘客後頭。最重要的是，保持距離以確保自己能夠忍受聒噪、而不把她扔在地上的衛生紙塞回她口中以便杜口的衝動。

「嗚嗚……你最近早上都只親我左邊臉頰一下，你以前都會兩邊各親三下，最後磨磨鼻子才出門上班的。說！你是不是變心了！是不是外面有狐狸精了！」

「寶貝妳誤會我了啦！我只是一時忘記，真的沒有什麼狐狸精啊……」

我在後方聽著忍不住越走越慢，直到他們倆的聲音不再打擾我的聽覺，才再度拾階而上。

又一個受慣性所害的罹難者——我是說她男友。

捏了捏手中的暖暖包，我一陣疲憊地呼出幾縷白霧，幾乎是在水氣散開的同時，我的身後傳來尖銳的呼救聲。我警覺地循聲回頭，就見一名估計是年屆而立的女子，面色惶恐地迎面跑來。

見狀，我不禁揪住窄裙下擺，高跟鞋跟著往後一挪，卻猛然踩空，頓時我重心失衡，一陣天旋地轉。我想重新踏穩步伐，但下身的窄裙限制住我的行動，緊接著觸發一陣拉扯，我因此反應不及而亂了腳步，整個人栽向後方。

碰撞的疼痛感如電流般，從手臂直導神經，猝然遍及全身。空前的昏厥教我發不出一絲聲響，只在劇烈晃動的視野裡，瞥見他自隔壁電扶梯單臂撐住隔間的平臺；只消幾秒，他的影子將我籠罩，我的太陽穴就這麼撞上他的胸膛。

真該死的痛……

我以為我會就此沒用地昏死過去，卻很不巧，視線一抬便對上他那雙桃花眼裡的輕浮，逼我不得不意識清晰。

「妳猜現在街上有多少人想把妳生吞活剝。」孫景熙輕笑，嗓音是他獨有的低沉沙啞。

意指自己行情很好嗎？被他這麼一說，那些本來想道謝的念頭全都煙消雲散。

我瞇了瞇眼，對他的言論不予理會：「剛才跑下去的女人到底在歇斯底里什麼？」

「我沒看到什麼女人喔。」說著，他稍加使勁將我往他懷裡帶，極其自然地踏著穩健的步伐往我的租所邁去。

我知道自己被敷衍卻沒有餘力反抗，只有悻悻然地凝睇著孫景熙過份精緻的五官，搭配他與生俱來那種招蜂引蝶的嘴臉，頓時我為他多任前女友們感到悲催。

她們可能不是很懂人生哲理，當一個男人和所有女人都搞曖昧時，不論再帥，王子也只能是王八。

偏偏他卻是我唯一的朋友。

我不禁哂笑，語帶調侃：「該不會是你對人家始亂終棄吧？」

孫景熙聽了以後非但沒受我挑釁，反倒駐下腳步、斂起笑意，月光落在他異常專注的臉孔，映照出刀削似的陰影，一瞬間我以為自己在他眼裡看見煙水晶。

「你幹麼？」我莫名有種壓迫感。

「緊張什麼。」他挑起唇角，「我只是在想，妳這樣講很像撒嬌。」

那刻意曳長的語調讓我忽然覺得燥熱，只得沒好氣地斜睨他一眼：「少把我跟那些豺狼惡虎般、飢渴許久的女人混為一談。」

只見孫景熙一臉玩味十足，氣定神閒地落下一句話。

「那妳得注意別對我動情啊，否則恐怕我無法滿足妳這隻猛虎。」

我差點沒把腳上的高跟鞋往他臉上砸去。

回到租所後，孫景熙無良地把我棄置在沙發上便逕自返回住處，說是今晚要為明天備課，必須事先準備課堂要用的講義。

每次聽他這麼講我都雞皮疙瘩掉滿地，他這種人去當大學教授實在是禍校殃生。尤其我工作的圖書館也在同樣校區，我其實很擔心他這禍水淹了圖書館，畢竟圖書館這種神聖靜謐的地方可禁不起他的褻瀆。

女學生一天到晚對他示好就算了，我可以體諒少女心正在滋養茁壯；可我實在不懂，為什麼連打掃圖書館廁所的大嬸都要送他一籃水果，然後含情脈脈地對他說：「孫教授，你是我眼裡的一顆蘋果。」

首先，圖書館裡不能攜帶食物；再者，像孫景熙這種孫悟空一般難以掌握的存在，應當要送香蕉才合乎情理。

想著，我把書籤夾入《西遊記》裡大鬧天宮的章回，並從書架上取下前些日子買來的動作片，打算看完再洗澡休息。

其實我不是喜歡看那種打打殺殺的槍戰，而是裡頭有關密碼解讀的劇情，激起我很大的興趣。從小我就著魔似地大量研讀摩斯密碼相關的書籍，除此之外還涉獵不少密碼學的邏輯推理，我還記得那時候同班同學都把我當神經病，沒一個願意接近我。

仔細想想，我跟孫景熙會變成好朋友也是因為這項共同的興趣，那為什麼平平都對讀碼這件事有一番見識；他被看作精通密碼研究的數學系男神，我就被當作從小染上怪癖的神經病？

這年頭果然還是天菜萬歲，偷吃菜旁邊跪的世界，難怪越來越多人存錢整型。

入冬以後，接連幾日清晨都是一片霧氣氤氳，甫離開被窩就冷得我直打哆嗦。

我在白襯衫外再套上一件針織毛衣罩衫，並抓了條黑色圍巾圍上，確認配備齊全走出去不會凍死才拎起鑰匙出門。

現在雖然才月初，但這陣子走在人行道上，已經可以看見整條街都點綴著耶誕節氣息，就連校內種的幾棵樹都纏繞了數圈金蔥條；不過說真的，頂部插的那顆燈泡壞掉的星星，有點多餘。

我提著剛買好的培根蛋餅和熱豆漿，冒著冷風走到圖書館對面的教學大樓坐下，才剛掀開要戳下去，後頭就傳來熟悉的聲響。

「孫、孫……」

孫教授。

「孫教授！」

果不其然。

「早啊，劉姐。今天穿很漂亮喔。」

我循聲回頭，就見孫景熙身穿襯衫搭配窄版西裝長褲，高挑的身影拎著兩個小巧精緻的禮物袋，此時站在掃地的劉阿姨側邊，嘴邊的笑容帥得無良。

嗚呼哀哉，又在行邪仗騙了。

「哎呀，孫教授真討厭，都幾歲人了還叫什麼姐姐！」她捧著明顯暗爽的臉，肩膀扭捏兩下，腳往下跺的同時，視線也瞥向地面。

我無意地咬一口培根蛋餅，而後吸了吸熱豆漿，一邊觀望、一邊思考著為什麼連劉阿姨都願意買他的帳。不過答案還沒想出來，孫景熙已經坐到我旁邊，桌面上跟著多了兩袋剛才看見的禮物袋。

我瞟他一眼，語帶訕笑：「收這麼多巧克力當心變胖——」

句末助詞還來不及說出口，短暫幾秒間我被他壓在長椅上，雙手受到箝制而無法動彈。

「放心吧書憶，」他揚笑，居高臨下地，「再胖都有人願意像這樣待在這位置的。」

我嗤之以鼻打算起身，卻又被孫景熙壓了回去，接著他放低音量，呼吸撓在我耳際發麻，「想讓旁邊那群學生看到的話，就儘管起身沒關係。」

此時掛在孫景熙臉上的笑容猶如英國反派角色，就連說起話來那種韻味都臨摩得淋漓盡致。

我臉一側，透過桌椅間的縫隙窺探路過的人群，一時我變得像故障的機器人，臥在孫景熙身下不敢妄動。

「你要不要再故意一點。」我忿忿地睨著他。

孫景熙只是與我對視，我瞅著他玩世不恭的眼神，頓時感到血壓升高，有點擔心自己中風。

「不覺得這樣很刺激嗎？」

說完他輕笑，語氣很是輕佻，爾後他緩緩鬆手便逕自起身，而我依然被棄置在長椅上。

被他回頭掃視了那一眼，我下意識扯了扯上縮的窄裙，挨近桌沿藉力攙起自己。

「……幼稚。」我不禁低咒。

孫景熙笑了笑，不置可否，僅以某種諭示一般的口吻對我發話。

「二十五號晚上空下來，我去找妳。」

我投以側目，雖感到不解但也未作回應，只有抓起包包，自個兒走進圖書館上班。

到了中午我跟其他同事交班，打算到學校附近的拉麵店買午餐。那間店打著可以免費加麵的名號，吸引來不少學生的光顧，加上湯頭特別好喝，因此每天生意都不錯。

雖然我也覺得在這買麵是經濟又實惠的選擇，但我不喜歡人擠人那種缺氧的感覺，所以總是簡單地外帶一碗招牌拉麵，能及早離開就盡早。

當我提著拉麵行經騎樓時，後頭猛然一股力道將我拉去，緊接而來一道清冷的聲響自我頭頂響起，而我只看見碎落滿地的花盆，拼湊出一片狼藉。

「沒事吧？」他上下端視，眸底卻平靜無波。

我呼吸凝滯，並未立即道謝，只是驚魂未定地伏首看向不敵衝擊而支解的百合花；轉瞬間吹來的冷風，教我以為自己的頭顱破洞受寒。

「謝、謝謝。」我訥訥地囁嚅。

此時身旁的男子陷入沉默，落在我身上的視線向遠處延伸，像在諦視些什麼。

我回頭，就見孫景熙的專題研究生何念甄，有如不小心撞見什麼髒東西一般，雙手摀住整張臉，但兩隻眼睛仍是從指縫現出，有種說不出的喜感。

「啊啊啊——抱歉我不是故意打擾你們的！」

「妳……」誤會了。

「我、我我繞遠路！」說罷，她一溜煙地往反方向竄逃，留下傻眼的我、跟淡漠的他。

我嘴角抽搐，對著適才見義勇為出手相救的勇士撩起尷笑，有氣無力。

他倒是不以為意，手一攤，旋即用他英氣凜然的背影對我揮揮衣袖。「自己注意點，我走了。」

我現在懷疑徐志摩八成是轉世重生了。

快速果腹後我回到工作崗位，由於借書處有工讀生待著，於是我推著書車走在偌大的圖書館裡，將一本本瀰漫書香的舊書安置到書櫃上，腦子裡一邊想著前些日子預約的《阿Q正傳》還回來了沒。

我踱向中國文學索書區，並且搬來靜置一旁的凳子，將較高的書架上同系列的書取下。依照編碼排好後，我踩著矮凳打算歸置原處，此時視線不經意一瞥，恰好穿過門板上的小窗子，直達獨立討論室裡的兩人。

本來我不以為意，抱著尚未歸位的書便回頭走往下一個索書區。好巧不巧，這時候我卻在餘光之中看見小窗子覆上一抹黑；出自好奇，我放輕腳步靠了過去，這才發現窗子像是被特意掩住。

不過仔細一看根本遮不完全，角落漏洞百出，這人要是想做壞事大概也成事不足敗事有餘。

正當我打從心底對這遮窗技術挑三揀四時，門板霍地被推開，孫景熙從稍嫌昏暗的討論室裡現身，身後還跟著一名身材火辣的女教師。

我眨巴眼，這劇碼可說是一目了然啊。

孫景熙雖換上驚訝的表情，但我怎麼看都覺得他根本無所謂，演技有待加強。

況且我對這種情況也不怎麼意外，僅只面無表情地落下一句話：「嗯？孫景熙你又換了喔。」收緊懷裡的古今名著，我挑挑眉掉頭就走，身後跟著響起風風火火的背景樂。

「嗚嗚……孫景熙你這個讓人又愛又恨的花花公子，我要找你算帳！」一哭二鬧三上吊，聲音高亢，情感到位。

只能說我愛莫能助，委屈你了——圖書館。

待我搞定所有工作以後，天空也已經披上一層夜色，翕動的星光在視覺暫留的作用下，有種暈染的柔和。

在這裡工作就算輪到晚班，也從來不必擔心會因學生太晚散場而加班，因為這學校裡的圖書館捲門，時間一到便會自動下降，大家不想被關在裡頭自然會提早離開。雖然這樣的系統看似不怎麼人性化，但也許是校內師生都習慣了吧，我工作至今倒是沒聽過有誰被關在裡頭的慘案發生。

搭乘捷運的過程中，我翻閱著《六韜・龍韜》打發時間，直到捷運到站才前往鄰近社區，找孫景熙討論密碼學的相關研究。

嚴格說起來，他跟何念甄的專題論文不干我的事，我也不清楚自己何時開始變成他的無償勞工；等我意識過來，一切都習慣成自然了。

其實我也發覺，當一件事無法邏輯化去解釋時，把「習慣了」搬出來用基本上能解決所有疑難雜症，因此各種跟慣性有關的詞就如雨後春筍般地誕生了。

像是慣性依賴、慣性遲到、慣性竊盜、慣性背叛、慣性便祕……諸如此類；不過坦白說，我覺得慣性便祕是個人飲食不均的問題。

想到這，孫景熙的住處也到了，我熟門熟路地輸入密碼，而後推開門逕自走入玄關。

進到房間時，孫景熙正以微蜷的指節撐著太陽穴，手肘靠在矮桌上意外地在休息。而且從他熟睡的程度判斷，我想他似乎是完全沒察覺到我來了。

「孫——」我本來毫不猶豫要叫醒他，忽然一陣風吹來將我杜口。我感到哆嗦地掩上窗扉，而後踱向孫景熙的床捧起一條毛毯，才又走了回來。

低眼凝睇著他熟睡的臉孔，我的視線沿著頸部向下，看見他穿著黑色V領薄衫，連下褲也是涼感的質地。

我不禁皺眉，同時腹誹著他都當教授了還這麼不會照顧自己。

於是我湊近他身旁，放輕力道將手上的毛毯披到他肩上，結果他居然就這樣醒了——以一種警覺的姿態，迅速擒住我的手腕。

我被他異常銳利的眼神給嚇到。

「……簡書憶。」他迷濛帶感地狹目，蓄有幾分疲倦地。「是妳。」

二話不說，我將手背貼上孫景熙的額頭，確認他沒燒壞腦子才開口。

「不然你期待那個身材火辣的女教師陪你研究論文嗎？」我逸出輕笑，語帶調侃。

孫景熙倒不急著反駁，只有按摩著鼻梁，爾後起身拿了一些資料，才側過頭覷我一眼。

「研究論文這種重責大任，恐怕只有妳這座穩固的飛機場能夠勝任了。」他揚笑，俐落地接住我砸過去的抱枕，「臂力不錯。」

這下子換我摸摸自己的額頭，肯定是燒壞腦子才跟這種王八當朋友。

後來孫景熙從資料夾內抽出兩張密度懸殊的密碼圖，其中一張只有零星幾個字散落在紙張上，乍看之下毫無規律、卻又似乎有跡可循；而另一張則布滿了符號及字母，顏色多樣，但大多呈現暗色調。

我皺眉覷他一眼，接過近乎白紙的那張，「你手上那張應該不必找我討論吧？不就用頻率分析去計算每個字元出現的次數，稍微推繹代換一下，訊息就呼之欲出了。」

話才說完我就立即察覺到不對勁。要是這麼簡單，別說孫景熙了，就連何念甄這個研究生都能自己演算出來。

我旋即換上狐疑的表情抬眸，就見孫景熙一臉鄙夷，居高臨下地睇著我。

「妳自己頭腦簡單就算了，可別以為所有人行事都不經大腦。」他綻開笑意，看在我眼裡格外惡質。「麻煩妳了，書憶。」

我索性不想跟他一般見識，僅只奪過剛才被我棄下的密碼圖，開始今晚的討論。

事實上，密碼學可以延伸的領域相當廣，用途更是不勝枚舉。我把所謂的密碼看作世上最叵測的存在，擁有不計其數的面貌、蘊藏一種神祕的性感；可正因為它捉摸不定，密碼的本質其實是種如履薄冰的危險。

舉例而言，歷史上就有人使用太過容易的加密法傳訊，結果中途被破解，搞到最後叛謀的事跡敗露成了導火線，倒楣的蘇格蘭瑪莉一世被斬首示眾。

想著，我凝神地在鍵盤上敲出幾個字母，嘴裡喃喃自語：「這裡用到凱薩密碼的技巧……」才要把推繹出來的片段訊息邏輯化，我赫然又發現漏洞。

「不對，這裡順序錯了。」刪除幾組混亂的字元，我再度低眼審視密碼圖。

孫景熙說的沒錯，即使用頻率分析去作演算，推理出來的資訊還是不符合訊息論的觀點。隱蔽於密碼圖的訊息必須具有值得解碼的意義，否則終究也只是信道的冗餘，沒人會做這種白費功夫的事。

這就好比是把「簡書憶是簡書憶」這種無意義的訊息，當作有效載荷藏入一幅名畫之中，在我看來這種訊息說穿了是廢話。難道簡書憶會是孫景熙嗎？

「孫景熙。」我將密碼圖湊近，「你覺得，這是不是有意要耍那些想用頻率分析破解的人？」

他伸手接過密碼圖時帶來一股陌生淡香，跟在學校裡聞到的香水味有所差異，這令我跟著抬起頭。就見孫景熙的手伸入前額的髮，狹目而專注端詳著密碼圖的模樣，和他平時的輕浮有莫大的出入。

我也只有在一起做密碼學研究時，才得以看見他以認真的態度面對一件事。

「耍……」他瞇起眼，唇角有些上揚。

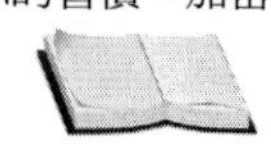

「問題解決了，剩下的我自己來就好。」

說完，他抽走我手上的另一張密碼圖，未經同意地。

我錯愕。

「……解決？」哪裡解決了？我還看到很多邏輯不順的地方，拼湊出來的訊息也不完整啊！

孫景熙只有雲淡風輕地應了聲「嗯」，便手執密碼圖逕自起身。而我像隻蜜蜂忙不迭地跟在他身後，意欲拯救被強行擄走的密碼圖；結果他忽然頓下腳步，我險些撞上他的肩胛骨。

「妳在幹麼？」他薄唇微掀，側視的目光有些嫌棄。

我的理智瀕臨斷線，血壓霎時降到冰點。

「偉大的孫教授景熙，」我揚唇，皮笑肉不笑，「敢問您為何每次都不讓我參與結論呢？」

他躬下身子，往我湊近時在我雙頰渲染熱度，「考量到犯傻會傳染，演算過程當然要隔離帶原體啊。」

語畢，他笑意更甚，揉揉我的頭後逕自旋身，帶著身上那股淡香遠離，留下我一個人僵在原地。

沒關係，一切習慣就好。上輩子我八成是殺人放火，所以這輩子被毒舌荼毒就當消業障、做功德。

阿彌陀佛，功德無量。

第二章
生根前的脈動

天氣預報說接連兩週有超強寒流，估計今年耶誕節可以在山區看見白雪皚皚的景象。這樣的消息一釋放出去，臺鐵的網路訂票系統從微血管的流量，硬是擴張成大動脈，怕是一個不小心網站就會毫無預警地癱瘓。

大概是全臺灣不分男女、不計南北，大家都想衝上北部一睹雪景；不過說真的，在新聞上看到這樣的消息，我第一個念頭不是浪漫雪景，而是末日前的異常天氣現象。

打了個冷顫，我將下巴沒入圍巾內，隨即闔起腿上的《聖經密碼》走出車廂。走出捷運站我拐了個彎，打算去補充一些日用品，要不然最近天氣冷皮膚乾燥，保濕乳液用得都見底了。

才剛要踏入藥妝店，我的肩上就忽然被拍了一下。

我回頭，就見一名穿著兔偶裝的店員，佯裝一種古怪的聲音對我問道：「妳好，請問可以跟妳跳支舞嗎？」

我錯愕，但還來不及拒絕，她就用她的兔掌把我的手夾住，左右搖來晃去。我把她這行為詮釋作撒嬌，不過很可惜我對這種事免疫力特別強，而且兔掌的觸感還是那種黏黏的矽膠，可愛度簡直大打折扣。

「不好意思，我——」不方便。

語句沒能完成，兔偶店員旁的北極熊店員驀地將我一把拉過去。我原先發冷的指梢被他這麼一握便暖和起來，於是我就這麼錯過抽身的機會，像個呆子被一隻熊拉著在店門口跳起舞。

我企圖掙脫，但這店員個頭很高，而且力氣也比我大，一個使勁又將我拉了回去。我就這樣有如跳雙人舞般被轉了幾圈，最後落在這隻熊的懷裡。

貼近他的瞬間，我嗅進一股熟悉的氣味，隨之而來是越加耳熟的嗓音。

「Surprise」耳際傳來一聲低語，「書憶。」

認出來的瞬間我忍不住揚聲：「孫景熙？」

「溫暖嗎？」他的聲音再度從這隻熊無辜的表情傳來，有種奇異的矛盾感。

而我還在茫茫然，只訥訥地點了頭。

確實是滿溫暖的。

只消幾秒，我陡然回神，「不對，你這是在玩什麼把戲？」

「北極熊也很冷，需要小豬的脂肪。」孫景熙隔著北極熊天真的笑容，用他獨有的那耳語似的音色對我論道，但話裡的嘲諷可一點也沒少。

圍觀的人以為我們默契無窮，還有志一同地拍起手，掌聲如雷。

我只得僵硬地陪笑，在這麼下去我一定會施暴把這隻北極熊變貓熊。

鬧劇結束後，我連孫景熙為什麼出現在這都懶得問，狠睇他一眼就扭頭走進藥妝店。他沒任何歉意就算了，還很不識相地偏著北極熊大眼汪汪的嘴臉，涼涼地說了一句：「購物愉快。」

我在心裡叨念百次「算了」，反正他一天不耍我就渾身不對勁，我要每次都跟他計較的話，總有一天會把自己逼出高血壓，得不償失。

到了結帳時我不禁暗自佩服《阿Q正傳》裡的精神勝利法，沒想到是出乎預料地有效，為了我的健

康著想，我還是認真忖度用這招對付孫景熙的可行性好了。

左思右想我仍是搖搖頭，「不可能。」這隻狡猾的北極熊要是這麼好對付，我就不會受欺壓這麼久。

「……小姐，妳的卡是真的還沒開通。」

「得想想更好的對策。」

「小姐……」

我回神抬起頭，就見結帳人員一臉驚恐地看著我，我眨巴眼收回會員卡，其實不是很能意會他那表情想傳達什麼。

「謝謝。」收回找零，我回以一抹同樣意義不明的微笑，就見店員的臉又紅了一瞬。

我忍不住在心底推斷這店員是個奇怪的人，隨即走出這家店，打算到街上物色晚餐的地點。

後來我在一間豢養黑貓的咖啡館前駐下腳步，從牠均勻的呂黑色毛髮之中，可以看見兩潭圓潤的鬱金色眸子拓開在相稱的位置。當我與牠四目交接時，牠瞇眼撓了撓耳際，慵懶地打了個呵欠便擺弄著貓尾走進店裡。

我在牠的引領下走進店內，找到碩果僅存的位置後坐了下來，眼前是吧檯。

等待點餐的時間，我大略掃視了店內，玻璃櫥窗內擺有幾臺咖啡機，視線往上是一些手工擺飾，隱約流露出店主有條不紊的格調。

伸手拿起一旁的名片，下意識地，我將上頭的字唸出來。

「霍子凡……」

「現在妳知道我的名字了，也該換妳告訴我了吧。」

忽然，一道清澈單頻的聲音就這麼傳來，而我很確定聲音的主人是在對自己說話。

抬起頭，見到他的瞬間我差點喊出徐志摩。

是他。前些日子在騎樓下救我一命的勇士。

被人問起名字，我有些正襟危坐地放下手中的名片，畢竟除了工作面試，以往我很少向他人自我介紹，這令我有些怔忡。

「簡書憶。」短促地落下三個字，我驀然想起以前在書上看過，自我介紹必須讓人印象深刻。

於是我抿抿唇接著續口：「殘篇斷簡的『簡』，《四書集注》的『書』，此情可待成追憶的『憶』。」

沒想到霍子凡一聽卻笑了起來，我被他突如其來的竊笑給震懾住，因為潛意識裡一直把他當作徐志摩，實在很難想像徐志摩露出單邊虎牙笑著的模樣。

估計是見我一臉困惑，霍子凡才稍微控制住笑意，對我搖了搖頭。

「沒什麼，只是妳的自我介紹很特別，我記住了。」

這算稱讚嗎？

一時我也不知道說什麼好，只好隨意點了份餐點，默默吃起晚餐。

後來霍子凡告訴我，這家咖啡廳是自己經營的，雖然是偶遇，但這頓晚餐和他有一句沒一句也聊了

一會，等到我要離開時，時候也不早了，我一出店外就被撲面而來的冷風吹得直打顫。

我將雙手藏入大衣口袋，打算趕緊回家洗個熱水澡。

行經街口時，我不經意從一旁汽車的後視鏡中，看見一抹黑影快速閃過，雖然就快到家，我仍因此提高警覺，捏緊包包背帶，加緊腳步。

也許是我的反應太過明顯，跟在後頭與地面相磨的腳步聲越發緊湊，這令我更加警戒地跑起來。

一路上，我逆著風，雙頰像被寒風一刀一刀削過，冷得我不停咳嗽。

「孫、孫景熙——」

啞著嗓，我著急地掏出手機求救，但還沒能告訴他地點，就因跑得太急而扭到腳踝，我猛然失衡，重摔著地。不僅膝蓋挫傷一片，連手機也應聲落地。

咬緊牙關我爬起來繼續跑，連回頭看的時間都沒有，傷口更是在屈膝時拉扯出劇痛。

終於，我的手腕被攫住，整個人被轉了過去。我驚恐地瞠圓眼，竟意外迎上孫景熙分外戒慎的臉孔出現在我眼前。

「簡書憶……」他低喘，「怎麼了？」

我幾乎是沒有思考，一見到孫景熙就彷彿見到救星般伸手抱住他，力道甚至大得像要把整個人埋入他腰中。

「有人跟蹤我。孫景熙，有人跟蹤我！」

「沒事了。妳先冷靜一點慢慢說，我在這。」

「我不知道那個人想做什麼，當下我真的不知道該怎麼辦，腦子裡唯一的念頭就是打給你……可是我一個不小心又把手機弄掉了，我知道搞成這樣你一定覺得笨得可以，但那個人一直追著不放，我找不到機會回去撿手機，也想不到其他方法聯絡上你……」

我不知道自己為何要長篇大論，解釋一堆無關緊要的細節，但孫景熙就只有順勢撫過我後腦勺，面對語無倫次的我，他只是靜靜聆聽著。

雖然平時我們總有鬥不完的嘴，但此時在他懷中，我卻未感絲毫抗拒，反而從中得到某種安撫與救贖。

「冷靜點了？」

等我穩定下來，孫景熙稍微將我推開，對我這麼說。

我點了點頭，發現自己竟乖得像他馴養的小寵物，「……你不要再看了，很狼狽我知道。」別開眼，我抬手意圖阻擋他的視線，卻換來孫景熙一聲輕笑。

「妳啊，現在才想到要顧面子已經太晚了。」說著，他慢慢起身，嘴角飄逸出輕率的笑，「既然妳已經不是小孩了，跌倒總不會像小孩子一樣耍賴，能自己站起來吧？」

他朝我伸出手，居高俯瞰著我，「還是妳需要我拉妳一把？小妹妹。」

本來還心存感激的我，在抬頭瞥見他指顧從容的嘴臉時，瞬間又被逼得額上青筋一綳。

這傢伙真是！

「你是不是沒被女童揍過？」

接下來幾天上班時，我的兩邊膝蓋都纏上紗布。行動不便就算了還得穿窄裙，而且有傷口也不能穿褲襪保暖，這讓我的雙腿晾在冷風颼颼的校園裡感到暴露。

於是我跛著腳到校長室門前扣了兩聲，待他喊聲「請進」才推開門板。

「Uncle，」我雙腿併攏，挺直腰桿，「我訴求更改圖書館的服裝制度。」

「免談。」翻閱桌面的文件，他以中指在山根上方推了推眼鏡，連頭也沒抬，乍看之下我以為他對我比中指。

我忿忿地盯著辦公桌上的「簡家謙」三個字，不禁後悔自己為什麼要答應來叔叔的學校工作。

緩緩吐了一口氣，我報復似地冷聲：「再這樣下去，這工作我待不住了。」

反正他要我幫忙保管的東西一直都完善安置著，那地方大概全世界也不到五個人知道，而且就我所知還嚴密地設了好幾道鎖，想進去不能光靠蠻力、要靠腦袋。

只見他在文件上寫下一些字，不動聲色地放下筆，才再度啟口：「信妳除了這裡，什麼地方也去不了。」

「我真的不想再幫忙保管那些了。」我擰眉。

話一出口，他總算抬起頭來予以正視。

「搞清楚，這是妳爸惹出來的禍，我只不過在幫他收拾爛攤子。要不是他用妳的指紋當最後一道密碼鎖，我也不會要妳來蹚這渾水。」

「可是——」

「別再說了。」他霍地闔上資料夾，聲音大得中斷我發言，「期限也快到了，等我的人來接手，妳想去哪都隨便妳。」

望著叔叔漸趨煩躁的神情，那些未竟的話語又被我嚥回去，只能暗自感嘆自己竟對無功而返的感覺習以為常。

我不是不清楚他的考量，畢竟要找到一個能夠信任的人並不容易。可是坦白說，每當我想起自己保管的是多麼可怕的東西，我就不敢想像有朝一日東窗事發的後果。我也逐漸不能肯定自己插手這件事該說是在幫忙，還是在助紂為虐。

思及此，我底氣全無地關上門。幾乎是每一次跟叔叔談到這件事最後都會無疾而終，這次他甚至還不顧我雙膝受傷，請祕書室的人把我逐出去。

好巧不巧，祕書室的劉小姐剛好是孫景熙的腦粉。她自從上次撞見孫景熙拿用過的暖暖包給我以後，就一直對我很有意見，這下被她逮到機會能夠教訓我，要是她不用鼻孔瞪我，我就不姓簡。

所幸我的原則就是不跟這種齜牙咧嘴的女人計較，不過我倒是有點好奇，她成天對著已經不熱的暖暖包傻笑做什麼。

回到圖書館，我暫且將剛才的事擱著，一貫熟稔地抱著書本安置到架上，隨後以羊毛撢擢去薄塵。待工作告一段落後，我再度踱回貯藏室將工具放好。

離開前視線橫過置物櫃間的縫隙，彷彿僅僅透過那麼小的一道間隙，藏匿其中的暗房也有著足以牽制我目光的魔力。

那些事情太複雜，複雜到只要一想，就令人感到心力交瘁。我只能一再提醒自己，裡頭的東西就快有人接手保管，屆時就算我改變心意也沒有插手的餘地。

再撐也沒多久了。

強行抽離思緒後我拾階而上，回到工作崗位繼續將新書編碼建檔，最近圖書館籌辦的幾個活動還有些文件要處理，叔叔那邊也給了額外的指派，忙完看一看天色，差不多已是下班時間。

「這個給妳。」

伴隨著聲音，桌上多了一樣不屬於圖書館的東西，我盯著那塊包裝精緻的紅豆麵包，不用抬頭就知道是誰放的。

也只有孫景熙知道我喜歡紅豆麵包。

「偉大的孫教授突然為我帶來禮物，想必又是哪個女學生送你的，好讓你拿來借花獻佛？」

孫景熙聽完笑了，我知道我說對了。

「反正妳喜歡，幫忙吃一吃吧。」

自從那天晚上的跟蹤事件發生後，孫景熙每天下班時間都會到圖書館來接我回住處，說是剛好住在鄰近社區，就當日行一善送我回去，免得天色黑，我還哭喪著一張奇醜至極的臉嚇到路人。

只要想起孫景熙那好整以暇的臉孔，什麼關心都能驟然變質，別說是溫馨劇碼了，不要演變成江湖鬥爭就該偷笑。我由衷認為要是哪天，我的度量能夠撐入一艘郵輪都不奇怪。

下班後我們在附近找了家簡餐店，吃飽時天色已經暗了，加上室內室外溫差大，一到室外就可以明顯感覺到冷風吹來，很快的，手指末梢也開始冰冷起來。

孫景熙看我不停搓手，便將我叫住，我回頭，就見他在我的頸間掛上圍巾。

「我還是第一次見到這麼怕冷的猛虎。」孫景熙一邊叨念，一邊替我圍圍巾，收手時，手背不經意碰到我的鎖骨，為此我又深深打了個哆嗦。

我瞅著他，「這圍巾不會是為了我帶的吧？」

孫景熙沒有想回答的意思，只是繼續說著自己想說的話。

「雖然知道妳沒人約，但我想還是提醒一下好了。」送我到家後，他側身準備離開，「二十五號晚上別忘了。」

我乾脆忽略掉前段不動聽的話，只捕捉後段的重點。雖然壓根不記得自己什麼時候答應他了，但看在他把圍巾借給我的份上，我還是給他個首肯。

當晚，孫景熙殘留在圍巾上的氣味恣意燠入每一吋空氣分子，無聲將我包圍。

如約地，耶誕節真的開始下雪了。一些熱血的男男女女為了雪景直衝山區，有身材姣好的辣妹為了外拍脫到剩性感泳裝，堪稱不畏風寒只怕青春留空白；也有理著光頭的年輕男子騎著三輪車，雙唇發白地接受記者採訪。

我咬口三明治，不免佩服他們身強體壯。

別說下雪了，光走出房門我都冷得直打顫，而且穿這麼少，萬一冷到休克的話不是讓搜救人員很難為情嗎？不過我想她們是在覬覦那輛三輪車，畢竟要是當真出了什麼意外，後座估計可以派得上用場。

關掉電視機後我決定不替他們操心，舉杯飲盡熱牛奶便收拾餘下的垃圾，打算在傍晚去孫景熙那赴約前，先出門去見爸和叔叔合作過的前輩，也是學校裡的一名教授。

他姓曾，學生都叫他禿鷹；我奉叔叔的命令，每個月都會去關心他的生化研究。至於綽號的由來說穿了就是顧名思義，曾教授打從進校以來就是禿頭。雖然禿鷹偏好食腐，但他本人倒是對這樣的稱號沒什麼抗拒，畢竟西藏可是把禿鷹當聖鳥，甚至會將屍體切割以供禿鷹進食。

順利抵達禿鷹教授的私人研究室時，我照囑咐壓了兩下隱蔽式門鈴；很快地，帶鏽的門軸產生相摩的吱啞聲，門板應聲開啟。

「進來吧。」每次來這都是這樣，禿鷹教授會窩在他的實驗室，透過監視器察看訪客的身分，確定是我才從內部操作開門，寸步不離實驗室。

所以理所當然，那句話也是在實驗室裡喊的。

我整裝齊全後挨近門前輕扣兩聲，就見禿鷹教授面色凝重地來應門，隨即引領我到泛著藍光的螢幕。

「妳爸真是瘋了才培養這種頑劣的病毒……」禿鷹教授蹙緊眉頭，手指螢幕上的雙股螺旋，「我到現在還找不到能夠對Vampire起作用的物質。」

對於禿鷹教授的指控，我實在無從反駁，因為我也覺得爸是瘋了。

在我還是高中生的時候，爸跟他的團隊暗地裡創造一種生化病毒，只要依附過有生命的宿主就會突變，成為不須宿主也能獨立生存的物種；爸把這種進化後的病毒命名作Vampire，也就是吸血鬼的意思。

之所以稱作Vampire是因為受到感染的生物，會在短時間內高燒出血，無從阻止、不可療癒，最終以七孔流血的死狀結束生命。

當年，爸的軀體就是這樣，僅僅隔著一層玻璃呈現在我的視網膜，所謂科學的反撲我可是看得一清二楚。

思及此，我艱澀地乾笑幾聲，「休息一下吧，我有準備熱咖啡。」

禿鷹教授頷首長嘆，褪下面罩及配備旋即走出實驗室。

「憑良心講，其實妳也很辛苦，畢竟那時候妳還是學生，哪會知道妳爸在搞什麼鬼。」啜口咖啡，禿鷹教授用一種無奈的口吻論道。

對此我未有答話，畢竟這種悲天憫人的眼神看久了會麻痺。不過我倒是比較注意他臉上的沾染，便抽張衛生紙遞了過去：「咖啡沾到嘴角了。」

禿鷹教授接過衛生紙時帶有幾分愣然，端視我的表情轉而複雜，我無話可說，也只能裝作視而不見。

回想起來，當時警方介入調查後，不僅找不到這批病毒藏匿的地點，研究團隊又矢口否認病毒一說，案情因此陷入膠著。為此他們急得像熱鍋上的螞蟻，我還記得他們傳喚我到警局時，臉上的表情惶惴得像害怕世界毀滅。

那時候我不曉得，媽為了隱瞞病毒被爸貯在圖書館裡的密室這件事，獨自跑去央求叔叔插手處理，也藉由叔叔的人脈及嚴實的辦事手腕壓下這樁命案。

媽的考量，無非是想替爸掩蓋他的非法研究，這我都知道；我也知道，深愛一個人的時候，縱使他死了都想為他爭取活人擁有的一切，包含尊嚴。所以對我來說這種事情的是非對錯很模糊，我只祈禱事情能早點落幕。

「謝謝。」一想到禿鷹教授出手幫忙收拾殘局，我就忍不住脫口而出。

禿鷹教授本來正在喝咖啡，冷不防地被我這句謝謝給嗆到，趕緊放下紙杯，拍著胸口猛咳幾聲才平穩下來。

「我說妳，別這樣嚇人行不行？」又喝了口咖啡，他續道：「不管事情有沒有被揭發，除掉剩下這些進化後的病毒都是必要的，一味地抑制它的活性也不是長久之計。況且，簡校長的請求有誰膽敢回絕。」

我不禁虛笑，完全可以理解禿鷹教授話裡的涵義。叔叔這個人處事乾淨俐落先不說，除了出名的老謀深算以外，也是個睚眥必報的狠角色。

舉例而言，曾經有人在拍賣會上，跟叔叔惡意競標一款法國勃艮地紅酒，據悉那個人從此以後沒出現在拍賣會上過，下場如何無從得知。

當時我在想，這個人只不過是口渴想喝紅酒而已，似乎也不是什麼滔天大罪，於是就稍微關心一下這個人的安危。當下叔叔只有挑起意味深長的笑，然後告訴我那個人還在對全球暖化貢獻一份心力，要我別擔心。

思緒停頓，我喃喃自語：「絕對不要與他為敵。」

畢竟叔叔這個人，可是連呼吸排放的二氧化碳都要錙銖必較的。

暗自點了點頭，我感到釋然地抬眸，卻赫然迎上禿鷹教授困惑的神情。

「跟誰為敵？」

這下子我才想起禿鷹教授還在這，不由得尷笑兩聲，「原來你還在這。」

「……這裡是我的研究室，我不在這要在哪？」他不耐地皺起眉，隨後嘆口氣，「算了算了，再跟妳這樣胡扯下去也不是辦法。」

說著，他起身拿出一疊資料擺到桌面上。

「這邊是我昨晚重新整理出來的清單，我想過這物質可能有效……」他拿筆在紙上圈點，有條不紊地闡述順序，「最後再配合這幾樣……」

雖然禿鷹教授提到的一些物理作用和化學作用我完全不懂，專有名詞也泰半不認得；但因為我的任務在於掌握研究進度，基本上只需要抓到邏輯的脈絡。因此我未對枝微末節深究，只將禿鷹教授交代的事宜一一條列到筆記本上，最後稍加收拾資料才離開研究室。

結束與禿鷹教授的會面後，我又顛簸地走了好一段路才脫離郊區，搭上公車。上車後我直直前往最後方的位置，拿出前陣子還沒讀完的《聊齋誌異》繼續翻閱，並騰出一隻手按摩有些疼痛的膝蓋。

讀到〈封三娘〉時我忍不住停了下來，有點想不透裡頭那隻妖狐的邏輯，於是我闔上手邊的讀物，認真思考友情與愛情之間微妙的差距，直到司機猛然急剎將我抽離思緒，我才曉得要起身壓下車鈴。

和孫景熙約好的時間是晚上六點，他住的地方不遠，所以下車後我便直接走過去。

順利抵達他的住處後，我熟稔地輸入密碼走進屋內，同時嗅進一股紅豆香氣瀰漫整個空間。我循著氣味踱往廚房的方向，忽然我肩膀被拍了一下，隨之而來是他輕哂的臉孔。

孫景熙收手，雙臂交錯，「有這麼餓？」

「還不是你在晚餐時間把我叫過來。」我不禁抱怨。

聞言，他毫無歉疚之意地笑了笑，隨即旋身走進房間，順手掩著門扉讓我自個兒跟進。

「桌上的紅豆湯是給妳的。」背對著我，他低頭整理桌面資料。

我坐到矮桌旁盛了一口紅豆湯，瞥他一眼，「這麼好？不會是偷偷下了毒吧。」

這回他對我投以側目，我發現他這角度有點撩人，美中不足就是眼神帶有幾分嫌棄。

「放心還不會，等我的研究告一段落我會找妳的仇家親自下手。」他收回視線，再度背對我，「紅豆麵包這裡不方便做，甜湯將就一下。」

我賞他一記衛生眼，要是我真有什麼仇家絕對是拜他所賜，不過他倒是心細，怕我只吃紅豆麵包？

「言歸正傳，找我過來總不可能只是要我喝紅豆湯，是研究有什麼發現嗎？」

面對我提出的疑問，孫景熙雖未以言語表態他的想法，但桌上放下的一疊資料倒是說明了一切。

我取出L夾裡的一些公式表，上頭寫了幾組演算數據，為此我感到不解地抬眸，就見孫景熙噙著意味叵測的笑意，教我愈發納悶。

他越過書桌，極其自然地臨近我身後，我感到背部升溫而回過頭，此時孫景熙恰好停滯在我側臉，過近的距離使得他的髮梢拂過我頸部。

我收回視線望向前方的鍵盤，而他從外側掠過我的右肩壓下某顆按鍵，螢幕隨之亮起。

「妳看這張圖。」他注視著螢幕，我也跟著看過去，「把每個色彩空間和數字七做運算，調整亮度後會變成這張圖。」

解釋時他動手操作，重心前傾使得他的胸膛隔著薄衫挨近我身後，直到畫面中殘缺的圖像映入我眼中，才感覺他的體溫遠離。我曉得呈現眼簾的是密碼學裡的隱寫術，在加密前的訊息動些手腳以取得偽裝，基本上跟時下頗為流行的整型易容術有異曲同工之妙。

不過在我眼前解密後的影像仍顯得破碎難辨，就彷彿是拼圖的一角，難以拼湊出完整訊息。我不禁屏氣凝神，試圖在腦海裡條列各種可能。

還沒理清思緒，孫景熙的話音便再次擦過我耳畔，「若將這些色彩空間代入妳手上那些公式，讀取到的文本會這麼多。」

當他按下執行鍵，螢幕像快轉的跑馬燈高速閃過棋盤式的圖像，這樣的不尋常令我愣然地瞥向孫景

熙，一方面驚詫他能推繹出這些公式，一方面卻又對這樣的演算結果感到無所適從。

姑且不論這驚人的數量無法負荷任何邏輯上的失誤，就算真的逐一檢閱，恐怕還是難以確保演算結果正確與否，況且這種土法煉鋼的行為也缺乏效益。

我不由得擰起眉，刁鑽地翻閱著手邊的資料，企圖從中解析出其他邏輯脈絡，孫景熙則是一語不發地鄰坐我身邊，執筆圈記一些我暫時無暇理解的字元。

這樣的各司其職可以說是種研究默契，一種只存在於我們之間的習慣。

「這裡的準確值太含糊……」我鍵入幾行字元，同時啟用另外一個計算工具。

雖然總覺得有某處弔詭，但相互參照之下卻凸顯不出問題所在。

我一陣頭疼地向後仰躺，不經意就靠往他身上，而他身子一側，也算是有默契的正好將我接住。

「累了？」他扶著我，暫時放下手邊的工作。

我不禁笑，「算你還有良心。」

聞言，他將我安置在他腿上，再度拿起他的資料。

「我以為笨蛋不會累。」

「你信不信我拿這密碼圖——」話沒說完，他奪走我手上的密碼圖，並以身高優勢高舉空中：「用這圖讓我閉嘴嗎？」

「知道就好。」我咬牙。

孫景熙一掌壓上我額頭，唇角帶笑：「向來只有我塞人，妳還有待磨練。」

聽懂話裡歪掉的意思，我立刻臉黑一半，只得抑制住在他臉上掄幾拳的衝動，才結束今天的討論。

到家洗完澡後，拿起手機我才突然發現叔叔傳來訊息。

我按下閱讀，上頭簡明而威嚴的一行話就這麼扎入眼底。

「明天早上八點我要準時在校長室看到妳。」——叔叔。

連個原因都沒有，甚至不帶半點詢問意味，就是單方面的要我赴約。

叔叔這個人真不是普通的霸道。

我將手機按掉、放回床頭，快速將頭髮吹乾後便用被子把自己給埋了，此時門鈴響了起來，我從被窩中起身，不禁納悶這時間會來拜訪的會是什麼人。

沒有疑惑太久，敲門聲緊接而來，「簡小姐！是我，上次在騎樓遇到的何念甄。」

何念甄？這可讓我更加不解了。

我順手抓起前些日子孫景熙擱置在我家的風衣外套，披著應門：「來了。」

見到我的瞬間何念甄笑得燦爛，我的目光落在她右肩上的褐色捲髮，腦海裡卻兜轉著諸多她出現在這的可能原因。

一想到上次她誤會我跟霍子凡，我二話不說就想甩上門逃之夭夭，但她節奏飛快，自顧自地就抓住我的雙肘開始說話，我根本來不及反應。

「等等啊，簡小姐！妳一定要聽我把話說完！簡小姐妳要相信我，那天我真的不是故意要打擾你跟

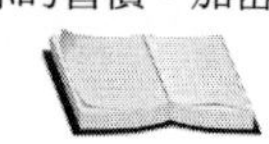

霍子凡的！」

「不……」不是這樣的。

「不？求求妳一定要原諒我啊！我今天就是特地來賠罪的，我跟妳說，今年寒假我已經約了霍子凡一起去墾丁，到時候妳一起來，一切都包在我身上！」她往胸口一拍，極其爽朗地露齒燦笑。

雖然有點擔心她把自己拍出內傷，但該解釋的還是要解釋。

「妳真的……」誤會了。

「當然是真的約了啊！我還跟霍子凡說了妳也會去，所以妳就別再害羞了，一定要來喔！」

說罷，她一點掙扎的餘地也不留給我，便學徐志摩揮一揮衣袖，風風火火地走掉，我有生以來從沒遇過這麼熱情的人，面對她自得其樂的說話方式，我傻眼之餘只感到不知所措，更遑論找到適切時機表達立場。

現在是……什麼情況？

第三章
萌芽悄然無聲

拉起第二層褲襪，扣上窄裙的裙勾，一切正裝完畢我提前出門到學校附近的中式早餐店，買顆饅頭便早早就坐在校長室外的檜木椅等著。

時間剛好是早上八點。

很快地，腳步聲從走廊盡頭傳來，我抬頭就見Uncle穩步走近，身旁不如我所想的跟著禿鷹教授，反倒是上回和孫景熙在獨立討論室裡的火辣女教師。

見狀我不禁挑高眉尾，直覺事有蹊翹。

「寒假前把名單印出來給我，沒其他事的話妳可以先去忙了。」駐足在我面前，叔叔手插西裝口袋不經意流露王者姿態。

女教師則是搧動她的濃密假睫毛，盯著叔叔的眼神注滿熱情，「簡校長儘管放心，我保證讓你滿意。」

疑似暗送秋波地說完，她大幅度地整了整襯衫領子，微敞的領口因而現出一條鴻溝，我則被她媚軟的音色給嚇出一身雞皮疙瘩，忍不住大大打顫。

一早就這樣驚嚇連連，心臟會強不是沒原因的。

待她離開以後我跟叔叔進到校長室，我率先將昨天整理好的紙袋從包包裡取出、置放到桌上。然而叔叔並沒有立即拆封，僅默然地推了下眼鏡，爾後以手勢指向沙發椅示意我坐下。

不曉得為什麼，總覺得氣氛不太對勁。

才想主動開口詢問，叔叔便坐到斜側的單人沙發，目光深沉地啟口：「研究的事情，除了曾教授妳還讓誰知道了？」

叔叔沒有問我是否洩漏出去，而是把這當作前提、進而盤問消息走漏的去向。對我來說，這種武斷的詢問方式幾乎等同莫須有的罪名。

雖然叔叔顯然不是宋高宗，不過我想岳飛那套「天日昭昭」的激昂言辭，八成也對叔叔起不了任何作用，因此認真取捨後我決定換個方式表達，試圖讓話語聽起來不那麼軒昂。

「除了禿鷹教授以外，真的沒有任何人知道了。」就連孫景熙我都沒對他透露。思緒持續運轉，我企圖釐清事況，「發生什麼事讓你懷疑到我頭上？」

Uncle抬起他侵略性十足的鷹眼，上下掃視的姿態像在審查我這些話的真實性，周遭的空氣分子彷彿也渲染著一絲絲危險氣息。

「昨天曾教授回研究室時發現有人動過手腳，近期研究團隊的實驗成果全數被破壞。」他一整西裝，重心倒向沙發椅背，順勢翹起二郎腿。「明明知道研究室地點的人沒幾個，但情況很明顯是有人找到確切位置才會發生這種事。」

「我沒理由做這種事。」

「我也不認為妳有能力操弄這件事。」話鋒停頓，他摘下眼鏡，「找妳過來最主要是想搞清楚妳那邊的狀況。目前還不知道對方真正的目的是什麼，但唯一可以確認的是，來者不善。」

——來者不善。

的確，對方的舉動簡直像在保護Vampire這種甚至已經算不上是病毒的物種，然而守不住堡壘的我

們，卻連這些小動作用意何在都還摸不著頭緒。

這樣的一籌莫展，似乎是從過去焚化失敗時就不曾遠離我們。當年研究團隊錯估Vampire的韌性，並未考量到雖然它是由病毒進化而成，卻具有類似極端嗜熱菌的特質，能夠在高溫下存活，縱使溫度過高也能形成某種孢子進行抵禦，待脫離險境才回復原貌。

焚燒不完全所導致的失誤不僅僅是唯一的敗筆。事後我們在爸的研究筆記裡破除隱寫術，才得知爸早在病毒還未進化的階段，就曾利用元素鐳的放射線觸發突變，藉以創造燒不死的異體，並以此進一步培養出Vampire。

爸的思慮周詳無意間將我們深置困境，可我卻還來不及過問他的想法就失去再見的機會，毫無選擇權地被命運逼著善後。

這些失控的事件就算再像驚悚片，到頭來還是得習慣。

嚥下最後一口饅頭，我一出校長室就被對邊窗口撲面而來的冷風給逼出偏頭痛。將口鼻埋入圍巾裡頭後我快步離開走廊進到電梯，腦子裡一邊揣度著叔叔也被冷得神智不清的可能性，否則他又怎麼會在我離開前才對我有失禮節的舉動提出警告。

「以後不許妳邊吃東西邊談論公事，尤其沒辦法細嚼慢嚥的時候更是有礙觀瞻。」

當下正在咀嚼黑糖饅頭的我差點沒噎到。

順利回到工作崗位壓線打卡之後，我將還書箱內的書籍全數取出，並且一一執行還書的手續。等到手邊的工作告一段落，才回到辦公桌前檢閱寒假工讀的履歷及相關文件。我大略翻了一下，有別於以往多半是大學部的學生應徵，這次研究生的來件意外地多。

暫且放下大學部的履歷，我將注意力集中在第一份研究生的證件照。

過肩的長捲髮塞至耳後，玫瑰色的豐唇點綴了她精神飽滿的眼神，甚至每個欄位都以某種朝氣十足的筆觸營造著難以忽視的存在感。

我忍不住與姓名欄位中的三個字陷入黃金八秒的對視。

何念甄。

眨巴眼，下一張。

何念甄。

揉揉眼睛，再翻頁。

何念甄。

頓時，全世界都是何念甄。

我突然一陣疲憊地半瞇著眼，一邊機械式地翻閱著手中這十來張研究所的表件；於是乎，我很快就完全認清一件事——這些履歷根本就都來自何念甄一個人。

雖然這種行為簡直像在整人一樣，但我也不得不承認，她會有這種胡鬧的行徑似乎也沒什麼好意外的，唯一的顧慮大概就是有點擔心她對圖書館的熊熊熱情，會一個不小心就把這地方給燒個精光。

想到這，我不由得把她和孫景熙師生倆相互對比，莫名就笑了。也許在《三國志》裡龐統所謂的水

火不容還有個例外存在，否則孫景熙這禍水會願意指導何念甄這種熱情如火的研究生恐怕就說不通了。

待我將手邊的表件分類完畢，我的桌面隨即又多了一份公文。

我頓下動作，抬頭一看，就見坐在我旁邊新來的行政助理對我綻開一抹含蓄的笑容。

「書憶前輩，這是跟校史館的合作案。」性情溫溫，面帶笑容。

她打從初次見面就這樣叫我，然而至今我仍不太能適應眼前這名比我長十歲、年齡已達三十五的同事，喊我一聲前輩。

我只好訥訥地點頭應允。

執起不屬於我工作範圍的公文夾，我接著發問：「祕書室有說為什麼校史館的合作案會送來我這嗎？」

「只有說是簡校長指名要交給妳的，可能有什麼特殊理由吧。」她放下原子筆，瞇起笑眼，「真羨慕妳啊，不管是跟數學系的帥哥教授、還是跟霸氣簡校長都很有交情。」

我聽了只有斷斷續續地乾笑幾聲，一時不忍心破壞她對他們美好的憧憬。

撇開她口中的帥哥教授其實是號來者不拒的危險人物不談，就連她選用霸氣一詞去形容叔叔頂多也只能體現他強勢的氣場，不足以概全。

嚴格說起來，叔叔的霸氣並非正氣凜然的那種，而是以他足智多謀的特質作為本錢，順理成章地行使傲然又專橫的作風。所以眼前這份從天而降的差事絕對不僅是合作案這麼簡單，我幾乎可以斷定這些文件跟Vampire相關的機率高達百分之九十九。

雖然連假公濟私這種事都養成習慣也不是什麼好事，但事實上這本來就是我來圖書館工作的主要目的。待在一個最無爭的單位，同時又能監管密室裡的東西，就算有人懷疑，也會優先從和校長室最為密切的祕書室下手，圖書館館員看起來永遠是人畜無害的。

叔叔這一切縝密的發落絲毫不輸給爸，就這點來看他們兄弟倆還真是不相上下。

等到我將叔叔指派的苦差事都處理完畢時，距離下班時間也剩不到半個鐘頭。我將手邊的工作稍作收尾，打算到櫃台交代工讀生一些事項再離開。

當我行經樓梯口，就見一名外貌特別出眾的女學生，抱著教科書和筆記本走向樓梯邊較不顯眼的桌椅區。目光再往她身後延伸，後面倒是沒有跟著一群眼冒愛心的追求者，只有一個人，彷彿面對什麼例行公事一般，姿態一派輕鬆。

然後女學生指向一個最不起眼的角落，等到對方坐下以後，她才拉了張椅子、親暱地坐近，並用她纖纖細膩的音色喊了聲：「孫教授。」

是他。

又或者說，我早習慣會是他。

理所當然，孫景熙並不覺得女學生這樣有什麼距離過近的問題，看他那副漫不經心的樣子，想必已經完全猜到對方想做什麼。

女同學有些靦腆地咬著下唇，隨後抬起她的圓潤大眼，像是鼓足了上輩子累積到現在的勇氣，就為

了對孫景熙說一句話——

「孫教授，你有男朋友嗎？」

轉眼間，全世界都沉默了。

意識到自己緊張得說錯話，女學生開始雙手忙亂地揮動，亟欲解釋些什麼卻又啞巴吃黃蓮，嗯嗯啊啊的有點語焉不詳。

我在一旁觀望，腦子裡一邊思考著為什麼會有人緊張到告白搞成這麼大的烏龍，突然之間，女同學撐起身子，下一秒她已經抵達孫景熙的下唇。

一時半刻我以為時間停擺。

「我喜歡你。」她話語急促，「真的很喜歡孫教授。」

注視著她，孫景熙輕描淡寫：「我也很喜歡我的每個學生。」

說著，他側身，正好直視我的方向。

「但『唯一』這種詞彙，我不會輕易承諾。」

被孫景熙這麼技巧性地回絕，女同學非但沒受到什麼打擊，反而像是獲取某種激勵一般神采奕奕，眸底的愛慕之情更是戲劇化地倍增。

我感到荒謬地僵著嘴角，對於這種只有巫術可以達到的境界實在有些理解困難。

「孫教授……真的好專情。」女學生眸光熠熠，語氣像在醞釀著什麼，「但我一定會排除萬難、努力不懈，直到你喜歡上我為止的！」

姑且不論她打算在孫景熙真的喜歡上她後就終止努力，面對女學生演講似的抑揚頓挫，以及她疑似決心剷除所有障礙的企圖，孫景熙絲毫沒有要勸退她的意思，甚至還好整以暇地笑了笑。

被這麼一笑，女同學片刻間無法招架，雙手直往臉上遮擋某些可疑的紅暈。

「唔啊啊啊……」發出細碎而含糊不清的語助詞，她短暫變作牙牙學語的嬰兒。

我仔細觀察幾秒，而後把眼前的景象定義為少女情懷著火後的腦充血。

還在考慮需不需要替她叫輛救護車時，就發現她已經快速收完桌面上的書本，匆匆丟下一句再見後本來已經逃竄似地奔向大門，卻突然覺得不夠又回過頭，一整儀態且畢恭畢竟地朝孫景熙九十度鞠躬以後，才滿意地離開現場。

而我還沒反應過來，孫景熙已經來到我身邊。

「這是看戲還是關心我的感情狀況？」他唇角微挑，笑意稍縱即逝。

不過對於他察覺我全然目睹一切這件事我其實並不意外，因為孫景熙本來就不是普通的敏銳。

於是我不答反問：「你是故意讓學生親你的吧？」

只見他處之泰然地翻閱著一旁架上的新書，顯然不認為學生喜歡他是什麼大不了的事情，還反過來用一種雲淡風輕的眼神顯得我蜀犬吠日。

闔上書籍，他語氣平淡，「處在被動的人沒有故不故意的問題。」

聽聞他蓄意的文字遊戲，我默默投以衛生眼，決定不再深究。畢竟那只是個反詰的問句，本來就不期待能從他口中聽見什麼人模人樣的答案。

況且，認識他的這些日子裡，我早已習慣他這種放縱的態度。

後來孫景熙借了兩本書說是還有課，就拎著公事包先行離開，我則回到圖書館繼續工作，等到他也下班時，才和他一起離開學校。

這些他接我下班的日子裡，我們多半在學校附近就解決掉晚餐，然後孫景熙會先送我回住處才獨自回家，不過這次他似乎不急著離開，而我倒也習慣生活中有他的存在，並不特別覺得他多留有什麼不好。

抵達家門口，我拿出鑰匙低頭開門。

「今天怎麼有空多待？」

「無聊。」孫景熙自身後隨意地揉揉我的頭頂，說完便逕自走進我房裡。

我跟在他後頭感到狐疑，「無聊？」

「怎麼可能？」我輕哂，「你隨便撥通電話都有人擠破頭要陪你。」

被我這麼一說，孫景熙並未反唇相譏，只無所謂地笑了笑，凝視著我。

我放下包包，坐到單人沙發的手扶把，順勢挨近他身邊堆上一抹可能連自己都覺得欠打的訕笑，「還是說你在反省今天褻瀆圖書館的事？」

「褻瀆圖書館？」孫景熙將臉側向我，而後像被提醒了什麼，才以一種不鹹不淡的口吻接著道：「那種無聊的事情妳不提醒我，我還真的不記得。」

真是嗚呼哀哉，連我都開始同情那名女同學。

「學生本來就容易對長得帥的年輕教授有幻想啊。雖然是她主動倒追你，但好歹人家也是你的學生，你總要負點責任吧。」

「嚴格說起來我還只是助理教授，學生把我當成『教授』層級來崇拜我管不著，至於後續產生的青睞或愛慕我也沒興趣干涉。妳現在的意思是要我對每個喜歡我的人負責嗎？那倒負責不完，我也不記得妳是個會同情心氾濫的人。」一貫無良地闡明立場後，他傾前執起水杯喝了一口。

這男人……

「你明知道我不是那個意思。」我忍不住白他一眼。

此時正持著水杯的孫景熙仍然不為所動，顯然沒打算回應我的批駁。不過面對他這種不討喜態度我早已感到習以為常，既然他無意繼續這話題，我也沒理由執意堅持，於是我索性結束對談，先行盥洗比較實在。

「總之，我要先去洗澡了，待會見。」簡短落下幾句話之後，我起身，可孫景熙卻在下一秒鐘出手將我拉了回去，還連名帶姓喊了我的名字：「簡書憶。」

由於他的力道不小，我處在毫無防備的狀況之下一下子使不上力，只在片刻間感受到某種未知的束縛碰觸在腰際，並以不容抗拒的力量將我牽引至他所在的單人沙發，我的額頭還險些撞上孫景熙的鼻梁。

停滯在一個能夠清楚感受到對方氣息的距離，我抬眼迎上他凝睇著我的目光，然後莫名地，有些

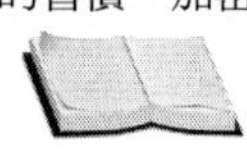

目眩。

「這是幹麼？突然拉住我。」彼此沉默半晌，我問。

只見孫景熙露出一種質疑我有沒有智商的表情，低聲應道：「妳的裙子。」

我低頭一看，發覺自己正曲起一邊的膝蓋，頂在孫景熙兩腿間空出的沙發椅緣；而他的薄外套自我身後覆蓋，像條被子掩著我的下半身，以致於他腰部以下的位置也罩上一層陰影。

我感到大腿後側裸露的肌膚和他的外套隱約相互摩挲著，便下意識伸手過去將裙襬扯回該有的位置。

但是不曉得為什麼，渾身都蒸騰著某種不會出汗的熱度。

「妳還真不把服裝儀容當一回事。」他不著痕跡地鬆手，雙肱交錯於胸前，「想隨心所欲我是沒意見，但我對妳底褲的花色一點興趣也沒有。」

見他那樣一臉嫌棄，我忍不住吐槽：「這種事情對你來說根本次數多到數不清，還講得很像自己還是一介純情少年，實在沒有任何說服力可言。」

孫景熙也沒打算否認，僅只低笑，眼神還摻有十足的挑釁意味。「怎麼？我倒是不知道妳會為自己匱乏的女人味扼腕。」

然而，面對他這番言辭我未受激怒，注意力全在他身上若有似無的淡香。

總覺得，孫景熙獨特的體香正釋放某種來自異性的危險氣息，有如病毒一般，悄然孳生在周遭的空氣裡。

「簡書憶，」等不到我回應，他重心緩緩前傾最終與我平視，我的視野也隨之被那雙桃花眼給填滿。「不要對著我發呆。」

原先有些入神的我陡然一愣。

靠病毒這麼近沒問題嗎？孫景熙的臉孔、體溫，包含聲線都……

我毅然中斷思緒，蓄意平淡答道：「還真是多謝提醒喔。」

接著我雙腿打直，將他的外套遞還給他。

「如你所願裙子我拉好了，外套還你，我去洗澡。」不帶一絲情感起伏地說完，我連句謝謝也沒說就掉頭離開客廳。

這大概是我有生以來洗澡洗最久的一次，洗到指腹發皺、頭昏腦脹，連同雙頰都泛紅，幾乎要昏死在浴室才披著毛巾走出來。

絕對不是我有病，只是我需要全神貫注的思考。

不過顯然洗澡的時間還不夠，我慢步踱向客廳，腦子持續活絡地運轉。地面上被我滴的都是水漬我視而不見，就連活生生的孫景熙一路瞻視著我也被我澈底無視。

鎖定沙發後我坐下來擦拭著頭髮，忽然，我的毛巾被奪走，整張臉被捧高。

「這模樣是洗澡洗到腦缺氧中毒嗎？」他音量不大，語速慢條斯理。

不假思索地，我下意識脫口而出：「嗯，我懷疑是慢性中毒。」

而且，罪魁禍首是……

「別說些傻話了。」孫景熙的話語來得過份精準，既像回應我的言論，同時也中斷我內心的想法。

語畢，他用毛巾蓋住我頭頂，雙手隨性地揉了幾下，便開始擦拭起我的頭髮。

一時我有些呆滯地睇著他此時專注的眼神，他帶有薄繭的拇指不經意拂過我右側的臉龐，掌心隔著單層布巾來回撫著我的頭皮，我的體溫彷彿也因他施加的摩擦而逐漸攀升。

「妳到底是去洗澡還是去跑馬拉松？臉紅成這樣。」稍稍停下動作，他將毛巾暫置於自己的胳膊。

我乾笑，「水溫太高吧。」

「是麼。如果智商也高一點就好了。」

「不要仗勢自己是教授就藐視別人！」我氣憤難耐。

「都說了，我只是助理教授。」他語氣敷衍，起身拿來吹風機，「好了趕快吹一吹吧，我可不想哪天還要來這照顧病人。」

「是是，吹風機給我，我可以自己來。」我朝他伸手。

孫景熙插好電後直起身子往我走來，隨後挑起輕笑。

「本來就沒打算幫妳吹。」

我頓時黑了半邊臉，「……你就不能少說兩句嗎。」

孫景熙僅恣意笑了笑，順手壓過我的頭頂逕自走向電視櫃，回來時還提來一個紙袋。

出於好奇心我多看了幾眼，此時孫景熙將紙袋遞了過來，「再看下去紙袋都要被妳燒出兩個洞了。」

「正好啊，早就想報復你了。」我挑眉一笑，提起吹風機對著及腰的長髮吹了吹。

「這句話還是等妳成功報復我再說吧。」他也笑，但話音傳遞到轟隆的熱風中被打散。我將風量轉小，看見他從袋中取出一條淺杏色圍巾將我套住，「不過其實就只是條圍巾，也沒什麼好好奇的。」

我安靜一會，醞釀許久才緩緩啟口：「你圍這顏色的圍巾？」

他一頓，面色鄙夷地瞟了過來。「……妳腦袋裡到底都裝什麼。」

想想覺得孫景熙確實不太可能圍這種顏色的圍巾，於是我又問：「送人的？」

「生日禮物。」

「喔。」得到答案後我將圍巾取下，開始梳理頭髮。

孫景熙扶額，深沉地從嘴角溢出一絲嘆息，「送妳的。」

登時，我不小心扯斷三根頭髮。

要是他沒提醒我，大概我到明年也不會想起來自己生日。畢竟我向來只記得生平，像是蒲松齡生於一六四〇年卒於一七一五年、劉蓉生於一八一六年卒於一八七三年、徐志摩生於一八九七年卒於一九三一年；至於生日這種事情除了孔子的九月二十八日外，我就只記得眼前這個男人的，包含生辰八字都莫名其妙記住了。

他的生日也是——九月二十八日。

「生日快樂，簡書憶。」

第四章
當習慣逐漸成形

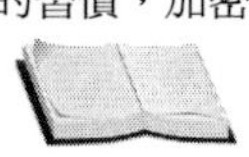

週末，我遵循叔叔的指示前往禿鷹教授的私人研究室碰面。

拜上次研究室被入侵的事件所賜，我掐指一算，這已經是我跟禿鷹教授這半個月以來第三次見面；說真的我可不記得當初來圖書館工作，職責還包含了難得的假日要被叔叔充公的這項規定。

唯一比較值得欣慰的，大概就是繼那次的意外事件發生之後，整個團隊雖陷入手忙腳亂的狀態，卻反而獲得一個重新釐清思維的機會，也因此找到過去未曾覺察的盲點；加上最近研究團隊沒日沒夜地趕工，面對擱置許久的瓶頸總算有所突破。

禿鷹教授說，有時候做研究就是這樣，如果太過執著於某個絕對的答案，整個思考模式也容易受到制約，最後反而會將自己置入更深的泥沼，埋沒於蓄積滿腔的挫折感之中。

這種身受桎梏的感覺可比強酸，足以將一個人的內心侵蝕殆盡，只有認知到失敗是成功前的必然，才不至於讓自己在無數的挫敗中沉淪。

因為到了最後，最值得銘心的往往不是結果，而是過程。

「如果目前提的都沒有問題，要根除Vampire就不是不可能，妳看這邊……」禿鷹教授從凌亂的桌邊揀出一份資料，熟練的姿態好似各頁各行記錄了哪些資訊他都倒背如流，尤其談到如何和Vampire抗衡時更有種說不出的勃發。

我專注聆聽著每個環節，將本子扼在座椅的手扶把上振筆疾書。

「沒想到花了大家這麼多時間的研究，進度居然就這麼突飛猛進，最近那小伙子還真像隻怪物。」講解告一段落後，禿鷹教授帶有幾分讚賞，卻隱約有些不服氣地喃喃。

「小伙子？」我感到好奇。

仔細想想，整個研究團隊我似乎也只跟禿鷹教授一個人接觸過。

「簡校長沒跟妳提過啊？就是團隊裡一個智商跟身高一樣高的有為青年，做起事來條理分明，十分有自己的節奏，最近研究能有所突破很大的功勞在他身上。不過妳們女孩子應該比較重視長相吧？他笑起來倒是挺好看的。」

說到這，禿鷹教授也跟著擠眉弄眼，硬是要將那個人的笑容身體力行，我怎麼看都只覺得滑稽。於是我考慮了下決定據實以報。

「其實，你只要告訴我那個人的笑容是抽象派的我就懂了，不必這麼辛苦。」

他一聽整張臉像土石流那樣垮了下來，「……什麼抽象派！妳這丫頭真是沒大沒小──」

我闔上本子，忽略掉耳邊唸唸有詞的聲音，只注意到他貧瘠的頭皮此時正被氣憤之情染得明亮。

「話說回來，妳對高智商的男人沒興趣嗎？」從聒噪的麻雀變回禿鷹之後，他一臉研究新奇物種那樣端看著我。

我認真將他的問題納入思考，然後丟出答覆。

「硬要說的話，我對智商特別低的人類更感興趣。」

「……真聽不出來妳對那些人是褒還是貶。」他面露同情。

「我只是單純認為高智商跟低智商同樣罕見，沒理由只對天才有興趣。」

「話是這麼說沒錯，但真要用那樣的角度去看待智商高達一百七十五的天才，總感覺有哪裡怪。」

說話的同時，禿鷹教授的神態依稀萌發出科學家深究的精神，但我不打算陪他一起糾結。

「沒什麼好奇怪的，這種事情只要習慣就好。」對我來說，習慣的力量才是亙古不變的真理。就像爸創造出一種空前的致命物種，而我們得極力與之對抗，這種離奇的事情只要習慣了，一切最終都會轉而自然。

「要這麼說的話，我倒覺得是因為妳都已經認識孫教授了，所以對其他天才就變得沒什麼興趣。」他像是在為研究寫結論那樣斬釘截鐵，我只有不解。

「我對天才有沒有興趣跟我是不是認識他有什麼直接關聯？」

禿鷹教授皺起眉，一副我的疑問很荒謬，我覺得自己似乎經常看見別人對我露出這樣的表情。

「這當然是因為孫教授的資歷也像天才一樣精采啊。除了長相和身高都凌駕在小伙子之上以外，要說領悟力也足以跟他媲美。妳連這些都不知道，我說你們到底是不是朋友啊？」

從他現在投來的眼光判斷，我懷疑自己被當成低智商者了。

「是不是朋友光靠這點就可以論斷嗎？」發自內心感到疑惑地，我發問。

就見他苦惱地搔頭，「唉……我不是那個意思。」

「通常在這種情境下對方不是真的在質疑妳，只是在傳達一種驚訝的強度。就好比一個男人對妻子家暴時會被指責是不是男人一樣，大家不是當真懷疑他的性別，而是在傳達某種不可置信的情緒。」

聽完禿鷹教授鉅細靡遺的講解，我直言：「如果是我就會直接說他引起公憤了。」

畢竟這才是不爭的事實。

「真不曉得該說妳太直率還是沒有心計。」他搖頭輕笑，「妳這性子跟妳爸簡直是一個模子印出來的。」

「我的性子？」

「我是不曉得妳爸以前在家裡是什麼樣的形象，不過他過去在跟我們做研究時，就很明顯展現出他直白又有點固執的個性，妳直腸子這點跟妳爸非常相像。」禿鷹教授敘述過往時的眼神帶笑而深遠，娓娓的口吻彷彿是退休許久的老兵在回溯軍中生涯。

然而我難以產生共鳴，因為我對爸最原始、最純粹的記憶，似乎也隨著他的離世而被洗滌一空。

「在你們眼裡，爸是一個怎麼樣的人？」也許爸的夥伴們各個都比我要了解他。

這回禿鷹教授笑開，「妳爸啊。他對自己堅信的事物有一定的執著，信念的強度就連困境什麼的都能鎮退，雖然他那些莫名的堅持常搞得整個團隊很頭痛，但妳爸卻又是個深具領袖魅力的男人。」

「該怎麼說——就是個令人又愛又恨的同伴吧。」

又愛又恨……這我倒是有點共鳴。

「可以多說一點嗎？關於爸這些有趣的另一面。」

接下來的幾個鐘頭，我從禿鷹教授那聽得諸多有關爸的過往，那些年頭似乎只要他們一群夥伴聚在一起，就總有太多趣聞軼事。

不過禿鷹教授能夠告訴我的，大抵都發生在他們的大團隊因循爸和叔叔的領導各自拆分成小團隊之前；因為在這之後，禿鷹教授就跟著叔叔一起轉移重心，對於餘下由爸為首的團隊後續專司的研究無所

知悉。

或許Vampire就是在這樣的契機之下被創造出來的。

雖然叔叔的團隊不能苟同爸創造出這樣的物種，也沒有義務收拾殘局，但終究還是選擇出手幫忙，不論叔叔或禿鷹教授都是，無法真正撒手不管。

「有時候抱怨歸抱怨，但是可能我們都沒辦法真心去怪罪他吧。因為這就是他啊，我們所認識的簡耀謙。」

禿鷹教授形容爸時面上的笑容淡得就像陳年褪色的壁畫，卻又清晰得足以撼動視覺。

而我並未深鑿自己的情感，只細細聆聽那些或長或短的故事。因為我的目的，全然就只在於了解爸這個人不同的面向，至於在叔叔和禿鷹教授離開團隊後，爸他們究竟產生什麼樣的變化，則非我想釐清的重點。

原因很簡單，我雖喜歡思考，但不喜歡無濟於事的探討。

傍晚，我慣常地前去孫景熙的房間討論密碼學。

說起來自從上次的討論以後，後續幾次本該碰面的時間孫景熙都要我不必出現，說是目前為止沒有什麼需要一起鑽研的地方，而我雖覺得他近來的行為表現有點不一樣，卻也無法明確說出哪裡不同，就只是繼續這樣微妙地相處著。

這段不接觸密碼學的期間我們仍會見面，像是上次他就跑來幫我慶生，這令我不禁佩服，能夠這麼清楚掌握我時間分配的人也就屬他一個了。

抵達孫景熙的住處時我稀鬆平常地輸入密碼，很快地就進到客廳。不過異於以往的是這次客廳是暗的，於是我按下開關便踱向孫景熙的房間，只是我手才剛碰到門把，就聽見大門被推開的聲音。

我循聲回頭，就見孫景熙手拎著鑰匙，身著深色V領運動薄衫，明顯是剛運動完的模樣。

他瞥過牆上的掛鐘，對於我出現在他家倒沒什麼驚訝，「妳來早了。」

被這麼提醒，我順水推舟開了個玩笑，「來你家偷東西啊。」

他瞟我一眼，眼神帶笑，「我以為妳向來只有被偷的份。」

說完他走進房間，隨後又拿了條長褲走出來。我衷心認為要想寄望哪天有人能教訓這無良的男人，可能要等到我入土為安百年以後，頓時手邊的抱枕就已經先飛出去，擊中他身後的門板。

孫景熙沒把我落空的攻擊當一回事，進浴室前還稍微放緩步伐，回頭笑看我一眼。

「照妳現在這個情況，就算讓妳丟一百次我也不會被打中任何一次，要不就趁我洗澡的時候在客廳練練吧，我會儘量洗慢一點。」

砰。

浴室的門關上。

我活到現在頭一次這麼想用枕頭把一個人的五官夷為平地。

默默將落在地上的抱枕撿了回來，我坐到沙發上拿出許久未翻的《四書集注》，打算在他洗好前用

來打發時間。

我翻開夾有書籤的一頁，視線不由自主地駐留在多年來始終廣為流傳的一段話。

「益者三友，損者三友。友直，友諒，友多聞，益矣；友便辟，友善柔，友便佞，損矣。」

就是這段文字，至今我仍百思不得其解。

仔細想想，頭一次跟孫景熙見面時，我也是像這樣坐在沙發上，一邊等待他盥洗完畢，一邊研讀孔子的這番理論。然而不論過去或現在，縱使我將書中提及的二分法反覆精讀數次，還是會忍不住去估量那六種特質同時兼備的可能性。

可想而知思考的結果不會太樂觀，所以我也漸漸接受一段五十字不到的文字，有可能會成為我生命中一輩子的謎的這件事實。

不曉得翻閱了多久，我聽見後方傳來開門聲，空氣間隨之漫上一股非常特殊的沐浴香。

「在看什麼？」一道聲音就這麼自我身後響起。

我沒有回頭看他，只把眼下的段落讀完才開口：「《四書集注》。」

孫景熙靠過來時熱氣將我包圍，我將書本暫放到桌上，抬頭就見他身著一條單薄的長褲，浴間的濕氣使得布料和他的下身有些貼合，連同他赤裸的上半身也蒸騰著些許水份。

我望著正用毛巾率性地擦拭頭髮的他，對於眼前的畫面感到再熟悉不過。

「要你洗完澡先穿上衣服再出來好像很困難。」這是我認識他長久以來的體悟。

還記得初次見面時，我面對他淋浴過後的樣子甚至天真地詢問：「穿上衣服，好嗎？」

那時他沒說不好，但也完全不把我的提議納入參考。當下他只有無所謂地笑笑，順道做些調情似的舉動，我則被他那率性而為的姿態給惹得氣急攻心。

此時此刻的孫景熙還是笑，笑得一派餘裕。

「妳不會又要說妳擔心我的肌肉熱脹冷縮這種傻話吧？」

被他這麼一講，仔細回想起來我當時確實有說過擔心天氣冷，他的肌肉會熱脹冷縮這種話，不過那都已經是第一次見面的事情了。

「不用說啊，都過這麼久了，肌肉也該縮得差不多了。」

聽聞我蓄意的調侃，孫景熙睨我一瞬，將毛巾擱在臂膀，「這種說傻話的習慣妳果然還是改不掉，看來是病入膏肓了。」

我瞬間被他的惡嘴堵得無從反駁。只能說，就是因為太過諳於他這種說話模式，久而久之自然會認清他那種看似在嗓音的變化間調情、在眼神的交流裡挑逗的舉動，不過就是對我挑釁的其中一種方法。

我在他眼裡大概連獵物都算不上，能作為朋友已經是預料之外的奇蹟。

所以認識至今，我和孫景熙能演變成現在的交情，恐怕也只能用習慣去形容了。

想著，我將抽屜裡的資料取出，很快地開始討論正事。

前些日子沒有我的參與，孫景熙似乎已經獨自完成大部分的研究，目前僅存的一些枝微末節，大抵都涵蓋在他揀出的這些資料裡。

我端看資料上的信息，手邊操作著計算裝置，隨口一問：「等這些零星的細節分析出來之後，整個

研究幾乎就算完成了吧？」

聞言孫景熙短暫停下撰寫的動作，由於他並未抬頭看我，我只能瞅著他俯首的輪廓等候回覆。

「可以這麼說。」簡略說完，他繼續動筆。

我反而棄下手邊的工作，擅自坐到孫景熙身旁，這般突兀的舉動吸引了他的注意力。

他沒開口問我要做什麼，只沉默地端量我的一舉一動，我則朝他制式地微笑。

「所以說，你打算什麼時候跟我分享演算結果？」

一想到自己參與這份研究迄今，仍對解析出來的內容一知半解，我就無法要自己悶不吭聲。

結果他連想都沒想就直接駁回我的訴求。

「沒這個打算。」他收回目光，繼續進行手邊的工作，「我以為對妳來說這件事已經是理所當然了。」

……這男人，完全把這種優越感當作理所當然了。

陪他做研究理所當然，被當無償勞工理所當然，甚至受他欺壓也被視為理所當然。彷彿這世上的一切，只要能夠習慣，全都理所當然。

「你難道就不擔心我暗地裡拿小人出來戳嗎？」半晌，我從齒縫間擠出恐嚇。

孫景熙顯然也不是被嚇大的，聞言他再度側過頭來。

「我倒覺得妳該先擔心戳到自己的手。不過就我對妳的了解，妳可能連個稻草人都綁不起來，就別急著想拿針戳了吧。」

說完，他順便抽走我手上的資料，好像剛才轟得我滿臉的人不是他。

我找不到任何詞彙能夠與之抗衡，只出於直覺地控訴。

「少把我講得只懂密碼學——」

「不，妳還懂文學。」不給我機會把話說完，他唇邊染上一絲笑意，「不過也就僅此兩樣，沒了。」

「你真的不考慮住嘴嗎？」我狠狠白他一眼，最後還是決定不與他一般見識。

「無論如何，這段時間我也投注了心力，想知道演算結果是天經地義的事。」

只見他放下紙筆，重心緩緩靠向椅背。

「妳遲早會知道的。」

「遲早？」

他停頓半秒，而後輕瞥過來，笑。

「放心好了，要是趕不及這輩子，下輩子還有機會。」

「算了我不想知道了——」我呈現被擊潰的狀態，頭痛到不行。

見狀，孫景熙又添了幾分笑意，我發覺他笑起來也像在凝視對方，四目交接時我不禁怔愣，一時在他煙水晶的眸子裡找不到出路。

此時的我，恐怕越來越不能想像自己早已中毒的可能性。

就這樣，孫景熙的研究在不知不覺中進入尾聲，與此同時，學期末也跟著近了。雖然放寒假嚴格說起來是學生的事，不過期末的到來，也意味著我和何念甄他們的墾丁之旅將近。

自從上回何念甄神出鬼沒地出現在我家門口，又自做主張地為我訂下旅行，至今的這些日子，她三不五十就會跑來提醒我墾丁的事，也常利用午餐時間，抓著霍子凡一起跑來圖書館找我出去吃飯討論。

短短幾日內，她便將住宿和門票發落完畢，動作快得我來不及拒絕。而我在面對她對我叨叨絮絮反覆多時之後，似乎已逐漸習慣她那不容忽略的存在感，如今和他們算是彼此熟識。

於是就在何念甄的強迫推銷之下，我被迫同意期末要去墾丁玩個幾天。

時間過得很快。學期的最後一天我處理叔叔交代的工作忙到有點晚，回家洗完澡已經十點多，不過越接近睡覺時間我反而越平靜不下來。

倒不是為被迫的墾丁之旅苦惱，而是近來每當我躺在這張床上時，就總有太多關於特定對象的種種，將我的思緒籠罩。

當我闔眼，孫景熙修長的身形毫無預兆地顯現，連同他那略帶氣音的咬字方式也在我聽覺裡興風作浪。

接觸枕頭時我開始嗅進一些外來的異性淡香，甚至連肌膚和被單間的摩擦，也悄然燠出不屬於自己的體溫，可就在我睜開眼的剎那，迎面而來的又是一片虛無。身為人類該有的感官都在我面對他時逐一瓦解，儘管只是存在我意念中不具形體的他，我仍然無力抵禦。

每過一晚，我體內的毒素就擴散一分，那是我無能為力的。

我心亂如麻地以臉磨蹭枕頭布，聲音晃得扭曲，「啊……可惡……」

一翻身，手機剛好在我眼前亮起來。

我短暫目盲，皺眉瞇起一隻眼睛，僅用另一眼瀏覽螢幕上的訊息。

「醒著？」簡單兩字，連疑問詞都懶得打。

突然收到自己正滿腦子想的對象捎來訊息，我足足已讀他三分鐘。

「醒著。」

他已讀，我又問：「日行一善關心我的睡眠狀況？」

「這也算得上什麼善事嗎。」

一點也沒有詢問意味，全然是直述句的語氣，透過這小小的對話彷彿能看見孫景熙略帶藐視的笑臉。

我竟不自主對著手機牽動唇梢。

「是啊。」我補充說明，「如果你再好聲好氣一點的話。」

「可惜事實就是我溫柔不起來，不過妳倒是可以去夢裡碰碰運氣。」

這話怎麼聽都像不近女色的絕緣體，可只要想到說話者是孫景熙，我就忍不住想調笑。

「少裝正派喔。異性緣好的男人怎麼可能溫柔不來？」我邊笑邊移動拇指。

只消幾秒，他的訊息又跳出來。「不是說過了嗎，我向來不主動，所以異性緣好也絕對不可能是我

裝溫柔換來的。這種簡單的道理妳都不懂，我還真沒料到妳的智商已經枯竭到這種地步了。」

我瞪著枯竭二字，指腹黏在輸入鍵盤上一連按出雙排刪節號，梭哈式地送了出去。

「才不相信你單憑這張惡嘴能把一堆人迷得七葷八素。」

他無視我精挑細選的冷面貼圖，僅涼涼地回覆：「無所謂，本來就不需要妳相信。」

……這男人目中無人的程度簡直沒有上限。

「是是是，我的信任對你來說完全不值錢。」我佯裝成自憐自艾的樣子。

這次孫景熙已讀了我好一陣子，見他沒有反應，我又問：「你幹麼？」

「不盡然。」他的訊息幾乎跟我發送的問句同時出現。

我一下子愣住，醞釀這麼久他只回我這三個字，我看得一頭霧水。

不盡然？

輸入完這樣的疑問句，我的心頭立刻萌生一種妄自的揣度，拇指也因此陡然僵滯在傳送鍵上方，未能將訊息送出。

對他來說……我的信任，不盡然廉價嗎？

「簡書憶，我有話想說。」

我竟對這種小事如此在意，什麼時候我對他的友情變得這麼卑微？

是向來都這樣，還是自從我……

手機鈴響。

我跪坐在床上，低頭凝睇著震動的機身，自己也像是成了魁儡，鬼使神差地接了起來。

「這麼晚還跟異性通話，對你來說是家常便飯吧。」我音調持平，絲毫不好奇孫景熙這時候突然打來做什麼，腦子裡唯一的念頭就這麼脫口而出。

他明顯認為我在胡言亂語，一絲低息從電話裡逸出。

「……妳知道自己現在的舉動，跟盤問情人沒什麼兩樣嗎？」

「反正你知道我沒那個意思就好。」

我屈膝將自己裹進被窩裡，「不過你要跟誰熱線確實不干我的事，我也沒興趣了解，所以煩請不必告訴我。」

聽完我極力撇清關係的申告，孫景熙的笑聲慢悠悠地傳來。

「我現在才知道妳也會對這種小事鬧彆扭。」

被他過分愜意的反應惹得困窘，我霍地從被窩裡坐直身子。

「你笑什麼？而且我沒有鬧彆扭。」

「嗯——」他曳長單音，蓄意平鋪直敘，「沒有就好，繼續保持吧。」

那樣悠哉的說話方式，任誰都能輕易聽得他話裡的不以為然，我因而被激起一點不滿。

「你要不要再敷衍一點。」

孫景熙輕笑，「妳嫌不夠？」

「有病才嫌不夠！」我受到激怒，口氣轉而疾厲。

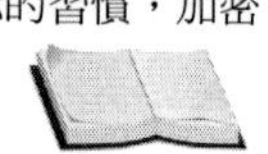

結果他一副事不關己，還以一種諄諄教誨的口吻對我說教：「克制一點，這時間不適合讓妳大呼小叫。」

雖然想駁斥他管得太多，但如此一來也就是在他面前抑不住惱羞，這樣的念頭一起，我頓時又自慚形穢。

半晌，他率先出聲：「簡書憶。」

我不動聲色地聆聽著孫景熙喚我的話音，試圖從他低聲談吐中微薄的氣音抽絲剝繭，從而解析出蘊藏其中的思緒。

「妳很在乎信任這種東西嗎？」他平靜地問著，我卻一瞬間答不出來。

在乎嗎？也許端看對象是誰。

「……如果你不是那麼在乎，又何必繞回這個話題。」我無感地鬆口，同時自認自己並沒有誣賴他。

若孫景熙確實有把人跟人之間的信任放在眼裡，他就不會草率地用「不盡然」三個字來帶過任何一個人對他的信任，就算對象是我亦然。

不過他會抱持這樣的態度也不奇怪，畢竟向來都是別人無條件信任他，而如操大權的他只要手心一擰，沒什麼是不能摧毀的。

「因為我不否認，所以妳就認定了嗎？」

他的聲音忽地就中斷我的思考，隨後我隱約聽見他薄弱的歎息聲。

「我不求妳的智商能有什麼長進，只希望妳不要擅自認定我說過的任何話，甚至無限上綱。要知道，這世上鮮少有人能夠接納過度詮釋他人言論的人，奉勸妳這種壞習慣還是趁早戒除吧。」

面對他突如其來的惡言我過度震怒，登時呈現一種瞳孔放大近似於休克的狀態。

爾後他像似喉嚨不適地咳了一聲，接著續道：「我想說的就是這些。時候不早了，晚安。」

嘟。

我一定是有毛病才會跟他認真。

後來，我發現自己不知從何時開始，似乎也適應了這種三天兩頭就失眠的情形。

說起來自從這種程度的無眠成了慣性之後，我才發覺其實這件事並無大礙。如果硬要說有什麼值得我訝異的，大概就是我從沒想過，慣性失眠一詞會像今天這樣套用在自己身上。

坐在前往墾丁的火車上，我倚靠著車窗，一路上可以聽見何念甄不斷找霍子凡說話的聲音，車身搖搖晃晃，倒也不影響我閉目養神。

雖然無奈，終於還是到了前往墾丁的這天。

幾個鐘頭過去，我們順利抵達沙灘酒店，我和何念甄一同前往雙人房，而霍子凡則是獨自到單人房擱置行李。

「呼，搭車搭到屁股快開花了。」一到房間何念甄整個人呈現大字型倒在床上。

我在床邊蹲伏下來從行李袋拿出防曬乳液，「我覺得妳看起來整路都聊得樂不可支。」

「吼吼！簡小姐在吃醋對不對。」她一個使力，從床上彈起來蹦到我身旁，「不過妳其實不必擔心啊！霍子凡對妳很有興趣，剛才還問了不少有關妳的問題。」

我本來想先澄清自己並沒有吃醋，但我被她後面說的那句話激起好奇心，於是選擇先進一步發問：「有關我的問題？」

何念甄見我表現出想知道的樣子，便朝我露出洋洋得意的燦笑，我不禁暗忖小人得志。

「比如說妳跟孫教授的交情啊。對了，妳有跟霍子凡提過我和孫教授的研究？他剛才連這都問，還問說你們做研究的時候我有沒有在場，看起來是真的很介意你們獨處喔！」

說完，她從我手上奪去剛拴好蓋子的防曬乳液，「嘿嘿，也借我擦一下。」

我並沒有答話，僅訥訥地盯著地面入神。密碼學研究的事情我明明沒提過，霍子凡怎麼會知道？沒有太多時間釐清，何念甄便催促著想去海邊，我暫且將問題擱著，換好泳裝後便隨何念甄去沙灘上和霍子凡會合。

老實說我並不擅長行走在這種鬆軟的細沙上，所以相較於何念甄的靈活，我在她身後則顯得舉步維艱。

霍子凡見我們靠近便站起身，轉過來面向我們，和煦的日光也隨之從他側臉劃過，將他的麥色肌膚襯出鮮明的色澤。

「我以為妳會誓死抵抗來墾丁。」他端視著我，眼神由下而上。「其實妳可以有自信一點，這件泳裝穿在妳身上是好看的。」

被他這麼講，我一時之間也不知道該怎麼回應才好，何念甄以為我在害羞，還故意在一旁吹口哨，火上加油。

「對了對了，我先去買果汁。」自顧自說完，她腳一旋，隨即踏著輕快的步伐躍向遠處的攤販，留下我和霍子凡獨處。

她走後，空間突然安靜許多，我抬頭，瞥見霍子凡此時抿唇低笑的臉孔，「你是不是覺得我一天到晚被她耍，很好笑。」

霍子凡笑著搖頭，「不是。我只在想，怎麼會有人對於處理誤會這麼無能。」

我頓時啼笑皆非。「原來你都知道何念甄誤會我喜歡你。」

「該怎麼說呢，從她看到我在騎樓下救妳時的反應推測，大概就料想到會有這種結果了。」他手插口袋，踱向海邊，「只是妳到現在還任她自由發揮，這倒是讓我有點意外。」

任她自由發揮？

「要說任她自由發揮的話，你才是最放任的人吧。」我跟在他身後碎念，「畢竟你都已經知道她這些舉動的目的了，怎麼想都沒理由答應來墾丁玩。」

聽完我一番直白的發言，霍子凡停下腳步，旋過身來。

「覺得不尋常嗎？」他坐下，仰視著我，「其實也沒什麼，因為我確實是在接近妳。」

我聽了身子一僵，思緒宛若被異物擊中，一下子有些目眩。

此際，一道爽朗的音色也隨之傳來。

「啊抱歉抱歉！妳沒事吧？」

我俯瞰著地面的排球還搞不清楚狀況，只茫茫然地瞥往聲源的方向，就見一名目測還是大學生的陌生青年搔著後腦勺，小跑步地邁進。

「真的很抱歉！我們第一次玩沙灘排球還不太適應，不小心打到妳的頭，妳有沒有怎麼樣？」說著，少年伸手要查看我有沒有受傷，後頭忽然傳來一陣爆吼。

「——放開那女孩！」

聽聞這種戲劇化的台詞我們都愣住，不禁循聲回頭。

「住手住手住手住手住手！」何念甄提著果汁，氣勢十足地飆衝過來，立刻將我們隔開距離，「簡小姐跟霍子凡才是一對的喔！」

語畢，她堆上討好似的笑容，「你看你還年輕大有可為，把歲月葬送在這種已經快要年滿三十歲的大姐姐身上真的不划算啊！」

「我——」我想澄清自己只有二十五歲，但何念甄卻反應迅速地摀住我的嘴，「嘿嘿，小夥子我說的有道理吧。」

少年聽了笑得有點尷尬，「呃、妳可能誤會什麼了……我沒有那種非分之想，請你們儘管放心。」

我在一旁扶額嘆氣。被何念甄這樣一搗亂，簡直教我丟臉得想遁地自埋，霍子凡卻一臉憋笑覷看著我，顯然就是打算袖手旁觀。

我只好硬著頭皮上前緩解。

「那個……我沒事，你趕快回去找你朋友吧。」

少年聽我這麼說，隨即露出得救的表情，想必是在何念甄那連珠炮的言談之下嚐到苦頭。不知怎麼地，我竟感到心有戚戚焉。

「妳沒事就好。」他蹲到一旁拾起落在地上的排球，「那我先走了。」

說完，他揮揮手，掉頭邁向滿是比基尼辣妹的球場。只是才離開不遠，少年卻又回頭跑了回來。

我眨巴眼，盯著他清澈如溪水的瞳仁，不是很明白他再跑回來的用意。

只見他直視著我，輕笑。「有沒有興趣加入我們？」

第五章
流連忘返的插曲

於是乎，我們三個就這麼誤打誤撞地踏入這釋放著青春氣息的沙灘排球場。

放眼一望，週遭全都充斥著活力十足的小鮮肉及花樣少女，至於剛才擊中我的那名大男孩，似乎在這群人裡有著不得了的地位。

男性友人對他勾肩搭背、女性朋友則是團團簇擁，一靠近球場就能聽見他的名字在球場此起彼落，連自我介紹都不必，我就已經得知他叫于紹卓。

不過起初說是要玩沙灘排球，到後來因為于紹卓接了通電話，估計是有什麼大受歡迎的人物要來找他們，眾人知曉後一陣騷動，甚至有幾名少女一臉春心蕩漾不斷嚷著男神。

「……在是會在，不過你不忙嗎？……喔是麼……我已經可以想像到時候的暴動了，哈哈。」

由於于紹卓還在講電話，我閒來無事便開始端詳他的表情變化。

他的眼下有對漂亮的臥蠶，使得他無論含笑與否，看起來都有著幾分笑意。我猜想也是因為如此，他渾身都散發出一種容易相處的氣質。

看著看著，于紹卓在我趨近於發呆狀態時忽然出聲。「好了，走吧。」

聞言我回神盯著他看，而後左顧右盼，一下子不太確定他現在是在對誰說話。

他僅笑了笑，直視著我，「不要看別人啊，我就是在跟妳說話。」

眨了幾眼，我才點頭「喔」了一聲。

從我這得到回應後，于紹卓將我帶回場內，一邊說道：「晚點我親戚會來一趟，有興趣認識嗎？是帥哥。」

我毫不考慮，「沒興趣。」

于紹卓聽了有些訝異，狀似不曾見過像我如此反應的人，隨後他放緩腳步，帶上一抹笑，「那我明白了，我會負責把妳藏好的。」

一番話聽起來多像玩笑，然而于紹卓說要把我藏好卻並非一時興起，到了傍晚，在他巧妙的引導下，我真的被安置在他房內和他對看，甚至連何念甄都順利被隔絕。

「你不出去照顧朋友真的沒問題嗎？」我正色發問。

其實我原來是想謝絕好意的，不過于紹卓這種遊走旁門左道的能力著實令我感到欽佩，而且想著能夠暫時遠離何念甄的擺佈似乎也不錯，於是我便也就此安身立命了。

于紹卓坐在沙發椅上，雙腿一敞，渾身放鬆，「那倒是不用擔心，他們都對我表哥很有興趣。女孩子現在應該在房間裡梳妝打扮，至於男孩子大概正聚在一起討論，準備要跟表哥請教如何培養男性魅力吧。」

「也就是說，你沒興趣培養一下男性魅力？」大略推敲出傳說中的表哥所具備的特質，我萌生出這樣的念頭。

于紹卓一聽笑了出來，「妳還真是個講話直接的人，這是拐著彎在說我缺乏男性魅力嗎？」

「也不是這意思……」

我本來還想多做解釋，此時于紹卓起身走向窗邊，我也因此而打住。

「來了。」他回頭瞥過我，同時將我的視線帶走，「我表哥應該就被圍在那群騷動的人之中。」

我稍稍挨近窗口，眺往于紹卓手指的方位，也在片刻間洞察到眼下人群的組成構造。單純就性別來看的話，內圈是女性，外圈是男性。某種層面上，這樣的現象意味著女性擊敗男性而後衝鋒陷陣。

「由此可證，女性的戰鬥力不見得會輸給男性。」我誠摯地下了結論，腳一旋打算走回床邊，就見于紹卓俯身倚在窗側，並以稍早在海邊那種細細觀察某物的眼光端詳著我。

我駐足，忍不住提問：「我臉上有東西嗎？」

聞言于紹卓笑著搖頭，直起身子時，手機剛好鈴響。

他匆匆對我比出不好意思的手勢便回頭踱向床頭的矮櫃，「喂。」

我的注意力落在他頰邊時不時拓開的酒窩。

「有勞你特地通知我，不過我剛才已經從窗邊親眼目睹盛況了……雖然他基本上是來者不拒，但你們別忘了克制點啊……是是，我會準時現身……有沒有女朋友？這我不清楚，不過我猜他現在應該有感興趣的對象吧……等等，別搶手機啊！我聽不懂妳們在講什麼……好了冷靜點，想知道什麼直接問本人吧，他總有辦法給出答覆——」

于紹卓的句末尾音都還沒發完整，伴隨而來就是「嘟」的一聲，連我都聽見了。

「被掛電話了嗎？」我泡著茶包，置身事外地發問。

一結束通話他立刻倒頭在床，「是啊，他們是一群碰上我表哥就會失控的朋友，撇除這項缺點他們還挺可愛的就是了。」

說著，他像是想起什麼一般，一下子又坐起身。

「對了，因為我表哥和同行的工作夥伴在附近的溫泉旅館投宿，晚點我會跟他們一起去泡湯，沒意外的話妳的兩個朋友也會來。怎麼樣，有興趣嗎？」

我稍微想了下，其實自己並不排斥泡溫泉，除此之外，最重要的是我遲早也得和何念甄會合，於是便鬆口答應。

前往溫泉會館的路程大約半個鐘頭，由於于紹卓的朋友群早早就一窩蜂追隨傳說中的表哥出發，我跟于紹卓到定點時已稍嫌落後。加上這趟出門算是臨時起意，一時半刻也來不及跟霍子凡和何念甄聯絡上，自初前來泡湯的目的似乎也跟著泡湯了。

就在我為當前出師不利的局勢默哀時，一隻手突然闖入我眼簾。我抬眸，不期然迎見于紹卓一記彈指，「神遊？」

見我頷首虛應，于紹卓再次往我頰上一戳。

「這樣總該回神了吧。」見我發愣結舌的模樣，他微笑，「我去外頭找一下朋友，妳先進去裡面第一間和他們會合，妳的朋友應該也都在那。」

簡單交代完畢後，于紹卓不等我回應便逕行離開，我一個人杵在原地也無所適從，只好獨自前往于紹卓指出的地點。

到了門前，踟躕半晌，我在腦中快速算計著敲門後該如何在一秒內鎖定霍子凡或何念甄，否則實在難保于紹卓的朋友還記得我這號人物。

抿了抿唇，我側耳挨近門板聆聽房內的動靜，卻很遺憾地沒有任何收穫。認知到自己的行為有些愚

蠢而猥瑣之後，我決定秉持著慷慨赴義的精神，硬著頭皮去面對那群極端好客的朋友。

不巧，我的指節才碰觸到木門，門板似乎並未關好，就這麼應聲開啟。由於事發突然，我一時像個私闖民宅的竊賊迅速收手，雙腳卻僵在原處動彈不得。

與此同時，房內正背對著我套上薄衫的男子旋過身，被撞見自己衣衫不整的樣子他倒是若無其事，反而從容不迫地走向我。

「孫景熙？」幾乎是在我按捺不住訝異而喊出聲的同時，他已經來到我身邊，我什麼都來不及過問就被他一把拽入房內。

然後「砰」一聲，門板闔上。

我現在是幻覺還是跑錯房間？

「妳的想法全寫在臉上了。」說著，孫景熙將手靠置腰下，扣妥褲頭的鈕扣後，隨意地將衣襬拉至定位。而我站在牆角，觀望著他窄實的腰線及修長的肌肉線條，靜靜等候下文。

見我站得老遠，孫景熙索性直接過來將我帶入房內。

「別再呆了，繼續站在那裡的話，有人開門會撞到妳。」

我不以為然，「……這是你房間，什麼人會隨便開門？」

「妳。」用一個字堵住我的嘴後，他低頭收拾隨身提袋，一邊說道：「看樣子妳還不了解狀況。簡單來說，紹卓是我學生也是我的表弟，所以妳沒跑錯房，只不過晚了一步。他們都先去泡湯了。」

聽他這麼一說，于紹卓那傳說中的表哥所具備的形象，逐漸和眼前的孫景熙吻合，而我也在釐清這點後，推繹出事態演變的來龍去脈。

反正就是孫景熙基於某種原因，來到墾丁和自家表弟于紹卓碰面，而我又在稍早認識了于紹卓一行人，才會在這遇到孫景熙。不過，從孫景熙見到我卻毫不意外的反應來看，想必他已經事先了解過于紹卓這邊的狀況。

「那你呢？還待在這幹麼，不會是在等我闖進來吧？」我一陣訕笑。

雖然這種偶遇出乎預料，也還不確定他來墾丁的原因，但面對孫景熙卻有種說不出的輕鬆，忍不住就想和他拌嘴。

被我這麼說他眉一挑，瞟了過來，「妳說這些話是想跟我調情嗎？」

語畢，他暫下手邊的動作朝我走來，我看見他離我越來越近，步伐卻越放越慢。異樣的氛圍開始在周遭叢生，直到他單手抵住我身後的牆，氣息呵在我頸邊時，我才赫然發覺他光憑眼神就足以讓人無地自容。

見我一身僵硬，孫景熙略微保持些距離，眸底的溫度彷彿也隨之退卻了幾分。

「妳不必緊張，我不會因為妳百口莫辯的樣子就當妳默認。畢竟我所認識的簡書憶，大概也沒聰明到懂得善用暗示性的語言來調情，是我高估妳了。」

說罷，他輕率一笑，旋身遠離。

此時僵滯在原地的我，瞅著他的背影竟有種飄忽的感覺。

暗自垂下頭，我驀然一哂。

「誠如你精闢的見解，我確實沒有那種在曖昧之間遊走的才能。」

我將笑意加深，走近他身後，「不過有些時候，智商不用太高也懂得什麼叫報復、什麼叫惡作劇。反正不管我說什麼、做什麼，你都不會認定我有所邪念，就算我現在從身後抱住你，你也——」

晃眼間，他回頭自我身後一壓，我和孫景熙的身體頓時牢牢相貼。

「妳想挑戰男女禁忌？就像這樣……」他拖曳著語調，深埋他的懷抱裡我甚至覺得自己的心口就要著火。「妳可別忘了，我不是正人君子。」

「……你偷襲我。」掙扎一會，我氣憤地控訴著木已成舟的事實。

「這不正是妳打算做的嗎。」

「但實際上我並沒有動手！」

被他輕易制止抗拒行為，我窘道，卻換來他一陣嘲笑。

「那也只能怪自己出手太慢。」

「你……」我氣到語無倫次，想脫身卻又束手無策，「——不可理喻！」

這時房門被打開，我和孫景熙同時瞥向聲源，就見于紹卓推開門，「書憶，他們已經先……」

本來他一臉像是有要事相報，但目睹我們這種引人遐想的體位之後，便立即杜口，默默消音退場。

霎時我明白他誤會了什麼，可一時之間根本來不及解釋，只能錯愕地瞪著再度被闔上的門板。

然後孫景熙才悠然鬆手。

我臉一沉，扭頭質問，「你故意的？」

他不置可否，僅信手揀起自己的隨身提袋走向房門，臨走前才回頭瞟我一眼。

「簡書憶。」他揚笑，俊帥無良地。「不論是報復還是惡作劇，妳都還早得很。」

幾經波折後，我在孫景熙及于紹卓的陪同之下，再度與霍子凡和何念甄取得聯繫。

何念甄見到我時像輛發條上得過緊的玩具車，鎖匙一鬆，她那向來橫衝直撞的高昂情緒彷彿就會瞬間將我撂倒。硬要說有什麼值得慶幸的話，大概就是先前她想搓合我跟霍子凡的意圖此時隻字不提。

至於霍子凡見到我時則是一貫深意叵測的淡笑，沒意外的話應該是和于紹卓的夥伴相處得如魚得水，沒什麼年齡上的代溝。

而我雖然暫時脫離何念甄的配對魔爪，但和一群正值青春年華的瘋狂大一生共處一室，卻還是在劫難逃。

「我怎麼沒聽說要陪這群花樣少年少女玩國王遊戲？」暗暗扯了孫景熙的衣襬，我呈現死魚眼狀態開始怨天尤人。

「現在妳知道誰是真正的損友了吧。」他涼涼一笑，「與其抱怨，良心建議妳還是多花點心思祈禱自己不要中獎。」

國王遊戲，顧名思義，就是國王得以無限施展淫威的一種權力遊戲。抽籤抽中國王的人可以從剩下的玩家之中，指定某些號碼的人去做任何事，而身為子民的玩家必須絕對服從國王的命令，縱使他要你

從蛋糕裡挑出魚刺吞下也得想辦法做到。

遊戲一開始往往都還有理智可言的。

「三號含著伏特加唱〈分手快樂〉！」

類似這種擺明要出洋相、還可能嗆到噴灑全場的高難度任務可以說是不計其數，但對這群難以饜足的大學生來說，這種程度的任務頂多算得上是暖身操。

隨著伏特加越喝越多，任務的難度似乎不跟著提升不行，而且通常必須伴隨一點低級。

「二號含著伏特加唱完〈三天三夜〉之後，把伏特加吐給六號唱〈火燒的寂寞〉！」

我已經猜得到下一名犧牲者可能要喝下那口幾經傳渡的伏特加了。

攢緊手中的號碼牌，我的眼神在喧鬧中穿梭，最後緊緊依附在國王開闔的口，深怕自己成為下名受害者。

「國王點名七號啦！」稍早見過的金髮少年突然一臉戲謔地提議。

見狀，週遭幾個朋友眼神交流後也跟著附和：「選七號、選七號！」

「七號、七號、七號、七號……」

不曉得是串通好還是怎麼回事，一群人像被觸動開關似地高喊這個號碼，我反射性地低頭檢查自己的卡牌，確認自己是八號之後忍不住猜測起誰人緣不佳。

只不過都還沒想出個所以然，孫景熙忽然亮牌起身，當我的視線追到他落在桌面的七號號碼牌時，他已經走向口中正貯著伏特加的六號。

泰然地停下腳步，他看往國王，「我一向願賭服輸，你可以放心我不會拿師長的身分來耍特權。」

此話一出，場面盛況更是人聲鼎沸、如火如荼，一旁的國王先是有失威嚴地愣了半晌，一番支吾其詞後才得以完整講完一段話。

「那、那就……七號把六號嘴裡的伏特加喝掉喔？」

孫景熙看起來是真的無所謂，伏身就要從六號口中接過伏特加。此際房內的男性鬧騰聲及女性哀嚎聲直線上飆到最大值，我卻因眼前的畫面而短暫喪失聽覺，世界都變得太過寂靜。

「——我的天啊！」

「怎、怎麼可以這樣！犯規啊！她太犯規了！」

「現在是什麼狀況？」

狀況就是何念甄主動吻住六號，喝下伏特加，而六號男疑似因此興奮過度，就此倒地不起。

從旁觀望一會，孫景熙默了默，扶起倒地的六號，接著抬眸瞟眼何念甄。

「打算解釋一下這是什麼意思嗎？」

何念甄只有聳肩微笑，「替老師解圍囉。」

我低眼凝睇著孫景熙懷裡的六號，腦子裡關心的卻不是這個人抽搐的大腿，而是存在於孫景熙和何念甄之間似真似假的笑意交流。

這該是師生間會有的互動嗎？

于紹卓也在此時冷不防的插話：「這兩個人，看起來案情不單純呢。」湊近我身邊，他笑得像個故弄玄虛的魔術師，「妳沒關係嗎？」

而後他指了指孫景熙，又指向我，「我覺得表哥和妳也不單純喔。」

我下意識傾前端起杯子，坦言回道：「剛才在你表哥房裡看到的是場誤會，他根本就知道你會進去，很明顯是故意鬧著我玩。」

說罷，我啜飲一口杯中液體，感覺咽喉及食道都隨液體蔓延而灼燒。

于紹卓僅僅是笑而不答。

遊戲進行到尾聲時已經趨近傍晚，不過這群活力十足的大學生，貌似不沾半點倦憊，隨身袋一掀即人手一包爆米花，只消幾秒便達成共識，說好要趕在入夜之前一睹出火景觀。

於是乎，我們也就成了附屬品，順道一起被載到定點。

搭車時我坐在靠近門邊的位置，而孫景熙剛好坐在我的左側。車子行進時不時帶點搖晃，加上出火景觀附近有片墳區，車上女孩子勢必要黏緊孫景熙不放。

不過那姿態雖是小鳥依人，我看了又看，仍然無力分辨她們的面部表情是害怕還是興奮。

「孫教授你看，外面好可怕喔……」

「喂，妳不要叫孫教授亂看啦！」

「哇哇我看到了！好恐怖我不敢看——」

在此起彼落的女聲擁護之下，孫景熙大概是被擠得悶熱，便巧妙地往我這挪移，我被這麼一貼卻未感絲毫不適，反而因著他的體溫而有種受保護的感覺。

可當我看見他那副軒昂的五官，就令我不住地想起他總居高臨下俯瞰著我，那笑得過分好看的模樣，明明不討喜，卻不知這張臉有什麼魔力，總教人看得目不轉睛。

「打算看我看到什麼時候？下車了。」

我被他這問句給喚回神，雖然話裡的內容傲慢依舊，但那與話語相悖的溫馴口氣卻奇異地令我四肢無力。

木訥地朝他點點頭，我低應了聲「喔」，隨即手扶車門把準備開門下車。忽然之間，一隻手又從頸部將我牽制在原地。

「我看妳好像對出火景觀一點興趣也沒有。」

輕靠在我身後，孫景熙鬆手，我不禁依聲回頭，好奇地看著他。

「所以呢？」我問，半開玩笑地，「因為我對出火沒興趣，你就要帶我離開這嗎？」

孫景熙唇邊泛起一絲笑意。

「怎麼樣，想跟我走嗎？」

我必須承認自己為他那私奔似的邀請所心動，而事實上我也確實付諸行動。

目送大夥下車之後，原以為我們會試圖在人群的注意力中竄逃，然而孫景熙卻選擇用最高調的方式，向眾人宣告我們已經決定要獨立行動。

「紹卓。」他喊住自家表弟，同時引來所有人的目光，「你們的書憶姐對夜景沒什麼興趣，所以我帶她去別的地方遛遛。」

此話一出果然招來一片嘩然，那些交談聲不細聽還好，一聽我險些昏倒。

「遛遛……原來書憶姐是孫教授的寵物啊！」

「對耶，有道理喔。不然孫教授特地和她獨處實在是想不通啊！」

「妳笨蛋喔。孫教授都說是帶出去遛遛了，這寵物關係絕對是千真萬確的啊。」

「好羨慕啊……可以當孫教授的寵物。嗚嗚我也要啦，喵。」

我在一旁聽著呈現半石化狀態，現在我只想知道，究竟戀慕之情可以啃蝕一個人的智商到什麼地步。

這種時候就不得不佩服于紹卓獨到的眼光了。

他倒是把自家好友的一言一行全看作某種可愛的表現，目睹她們荒謬的定論還能爽朗地笑出兩潭酒窩，我實在啼笑皆非。

「沒問題啊，你們兩個就儘管單獨散步去吧！再見喔。」輕盈地拋出這段話，于紹卓抬起左手朝我們揮了揮，同時又眼眉含笑地攤出另一隻手，攔住他那群蓄勢暴動的好友。

不曉得為什麼，我總覺得那份笑容太過玲瓏，滿滿是八卦意味。

我想請他別用那種彷彿掌握一切的笑臉看我，但捫心自問後卻又開不了口，也就只好抱持鴕鳥心態將他置若罔見。

然後我忽然被拉住。

「什麼什麼，簡小姐不和我們行動？難道我被拋棄了嗎？」像是要忍不住了一般，何念甄流露出離情依依目光。

我瞥眼孫景熙只換來他事不關己的挑眉，只好將目光又移回何念甄身上，頓時就覺得她像隻楚楚可憐的幼犬。為免她入戲太深真的在眾目睽睽之下哭出來，我默默將手伸進包包摸索面紙，同時也說些她可能想聽的話。

好比說，「沒有。妳沒有被拋棄。」

我知道光是這樣說還缺乏說服力，於是便進一步澄清自己沒有圖謀不軌，並具體舉出例證。

「再怎麼樣晚上都得回去睡覺，妳忘了我們是室友嗎？」

就像哄小孩似的，她好像特別偏好這種戲碼。

她聽了眼珠子一轉，旋即汰換出一副嶄新且朝氣十足的面貌，隨後嗤嗤笑道：「呵呵。每次我撒嬌時，簡小姐都會變得特別溫柔，所以我才喜歡這樣逗妳啊！」

這些日子和她的相處總是這樣，面對她那樣爛漫的笑容我忽然心軟流露出微笑，而她卻越過我走向孫景熙，我只看見她饒富女人味的背影，無法從臉孔辨識她的喜怒哀樂。

「那簡小姐就拜託你囉！孫教授。」面向著孫景熙，她的聲音既柔軟又不失清晰，尤其是喊著他的稱謂時，更是有種壁壘分明的暗示感——

以及，某種難以言喻的……性感。

孫景熙難得沒報之以笑，甚至是在他聽見何念甄說出最後三個字時，隱約散發出一絲若有似無的危

險氣息。

性感的女人與危險的男人……

一湧升這樣的念頭，我竟意外地感到煩心。

畢竟處在孫景熙身邊，那些情愛糾葛什麼的並不罕見，而我一直以來，也從未真正產生過任何類似於厭惡的情緒。

我以為自己早就習慣了，甚至認同他的那種不倫不類，事實上賦予他某種特殊的個人魅力。

可是現在我卻由衷感到排斥。

「妳在彆扭什麼？」

和大家分頭行動後，孫景熙忽然對我這麼說。

那句話若僅僅書寫在紙張上，不帶任何音色的起伏、語調的疾緩，我會以為對方是抱著不悅的心情在質問自己。

但從孫景熙那呢喃般、既低頻又摻雜幾分溫順的口吻之中，我卻很奇異地感覺他在關心我。

「你會不會想太多了？我怎麼可能彆扭。」垂頭凝視著鞋尖，這種企圖掩飾自己異狀的舉動實在很不像自己。

面對我蓄意頑強的答覆孫景熙只輕笑幾聲，接著就在我毫無妨備之際，一舉將我攬入他臂膀，笑得悠哉，「妳把我當三歲小孩騙嗎？妳有沒有說實話我還不至於分不出來。」

他陡然的親近讓我渾身一僵，但體內倔強的靈魂卻又教我無法輕易服輸。

「收起你那不正經的態度。」我板起臉，頗有瀕臨火山爆發之勢，「明明是教職人員還老是一副放浪不羈的樣子，你以為自己是杜牧還是愛因斯坦？在校外招蜂引蝶就算了，連校內的女學生你也不懂得保持距離，只不過被異性圍繞就一副享受其中的蠢樣，簡直沒有為人師表該有的樣子！」

「妳……」孫景熙本想開口，但我覺得還沒說夠，「我怎麼？難不成是全被我說中所以惱羞了嗎？就算你現在想為自己辯解也是徒勞無功，因為剛才你和你家研究生眉目傳情就是最佳鐵證！所以現在，麻煩別把我跟那些吃你那套的女孩子混為一談。」

轟轟烈烈地說完，我將他的手從我肩上扳開，鐵了心想走人，結果一晃眼又被他從腰際撈了回去。

「先別急著走。」

本來應該繼續火冒三丈的我，所有的反抗動作，都在孫景熙將我固定在他懷中後，被他輕易擺平。好親密。

「都聽完妳長篇大論的說教了，我怎麼能讓妳一走了之？」似乎是我的火山噴發對他來說不足為懼，孫景熙的口氣還是慢悠悠。

我沒有問他打算如何，就只是看著他伸出食指，輕戳了下我額間。

「妳啊……說了這麼多，其實就只是在意我跟何念甄的關係吧。」

那張彷彿將我分析透徹的臉孔使我感到赤裸，我難以規避那樣的洞悉力，更想不出一個能夠為自己辯解的說法。

話說了這麼多，我以為接下來他會主動說明他和何念甄的關係，可他卻隻字不提，僅僅是揚笑輕抓

我的頭。

「作為研究順利落幕的慶祝，要開始了嗎？我們的約會。」

和孫景熙相識數年，第一次的約會，竟在如此情況下發生。

午夜時分。孫景熙將車停妥在一處看得見夜景的地方，月光照映在他立體的五官上，令我想起當時在車站救了我的他，那時一路將我抱回寢室。

餘光掃過他，發覺他似乎已有些疲態，我聽于紹卓提過孫景熙好像是來這處裡事情的，這麼說來白天應該不是在忙，就是在開車吧。到晚上又陪那群精力旺盛的孩子狂歡，甚至剛才還替室友送了趟宵夜，載了一車的食物味，我看他不累也難，連我都累了。

「你要不要……」休息一下。

話只說到一半，突然「轟」的一聲，我被車子忽然傳出的怪聲給吸走注意力，一旁的孫景熙顯然也聽見了。然後他不動了，車子也不動了，於是我也就跟著定格在那。

「……所以現在是要徒步走回飯店嗎？」

過了一會，我稍微思考過最糟的下場後，索性直接發問。

結果孫景熙回以某種極度藐視的嘴臉，「妳覺得有可能嗎？」

說完他還低歎口氣才下車確認車況。

雖然他這種顯然把人當傻瓜的態度，實在令人很不服氣，但或許是因為認識他的這些日子裡，我早就被他頻繁的壞嘴給訓練出一顆強健的心臟，所以面對他這種語氣、這種態度，還有笑起來嘴角歪斜的角度，說實話還不至於令我遭受太大打擊。

反正如果只是這種程度的嘲諷，不妨當作修身養性吧，而且我對他……

「車子拋錨了。」

想得太入神，一直到聽見孫景熙的聲音，我才發覺他已經回來了。

「一個人在亂想什麼？」等到孫景熙又問了這個問題，他人已經坐回駕駛座。

至於在想什麼的話，我剛好想到……

「他。」未經思考的單詞就這樣脫口而出。

「他？」

「不，應該是『你』才對。」

被我這麼一解釋孫景熙沉默了，這下我才驚覺自己回了什麼不得了的話，只好又倉促地轉移話題，「那個、車子拋錨，你打算要怎麼處理？」

聞言，孫景熙也難得一愣，但一下子就反應過來，「先打給紹卓他們吧，讓他們接妳回去我再自己處理。」

之後，我照他所說的，先後打給于紹卓及何念甄他們。

于紹卓聽我講完便不斷對我嚷著「訊號差」、「聽不見」，甚至以此作為理由掛我電話。反覆幾次

後我企圖求助於何念甄他們，不料通訊錄才一打開，一隻蟑螂猛地停在我手上，嚇得我尖叫著甩手，連同手機也一併被甩落地面。

蟑螂是甩掉了沒錯，不過就在我還驚魂未定時，後方來車從旁呼嘯而過，我的手機當場在我面前四分五裂。

我被這一連串悲劇震懾得說不出話，眼神一抬隨即迎見孫景熙用某種看見奇葩的眼神盯著我，然後在我還沒開口向他借手機之前，率先粉碎了我的最後希望。

「我沒帶手機。」

此時的我對於禍不單行一詞，有著極深的體悟。

繼車子拋錨、手機分屍、又連台計程車都攔不到之後，我們相當刻難地將車子安置於停車格，倚在車邊思考著今晚的落腳處，一時有點茫然。

為什麼在孫景熙把手機跟錢包留在房間的時候，我身上的錢卻只夠買兩條蜂蜜蛋糕呢？這麼一來可以說是連旅店都不必找了。

「唉。」

意外聽見孫景熙那少有的歎息聲，我不禁轉過頭來確認，「你現在這歎氣聲……言下之意該不會是連你也……」束手無策了吧？

這時候看到孫景熙想笑也笑不出的表情，我想我是已經得到答案了。

「所謂的事實，並不是避開關鍵字就可以解決的，書憶。」耐心宣告完死刑，他拉開車門，看向我，「進去吧，只能先在這裡過夜了。」

我愣了下，眼神飄到閉闔的車窗，「確定你沒問題嗎？車子裡都還有食物味。」

這種涼爽的天氣雖不至於悶死人，但由於剛才幫人送過宵夜的關係，車內都還存有些許的油炸味，就算是因為我比較怕冷才不把車窗打開，對於有潔癖的孫景熙來說，跟這種味道悶在密閉的空間裡……

「難得妳會替我操心。」他隨意笑笑，從身後將我帶入車內，「不過我隨時可以下車透氣，所以妳不必擔心這個。放心休息吧。」

說完，他脫下身上的外套蓋到我身上。由於他蓋得太自然，我也跟著接得很順，然後看他關好車門我才又開口。

「那就感謝你的委屈了喔。」我打趣地開了個玩笑，相信他懂我意指氣味，「將來有機會的話，請務必提醒我報答你。」

大約露出兩排共計十六顆牙齒，我的一番言辭、搭配這種不識時務的露齒笑，對一般人來說可能都頗討打。

不過孫景熙可不是一般人。

「妳怎麼報答？」就像這樣，他會直接略過語氣的優劣與否，只在意他認為是重點的部分，其餘的甚至被看得一文不值。

也許是因為太多事情他都不放在眼裡，這種不被任何人掌握的他，反而讓許多人趨之若鶩。

我不禁失笑。「真的要我報答啊？」

不是我要討價還價，是他就算什麼都不做，還是會有人主動獻殷勤。

「那倒不是。」

然後他也笑，「只不過妳得了便宜還賣乖，擺明是需要有人調教。」

話說到一半他用手指夾住我鼻子，動作之親暱就像小倆口才有的寵溺，想到這我一下子驚呆，連掙扎都忘記。

肯定被察覺了吧，我的臉紅心跳。畢竟連自己都有了如此明確的感覺。

「怎麼了？」

聞言，我趕緊將他揮開。「沒、沒有。就是覺得熱。」

然後他笑，「看得出來，妳都熱到面紅耳赤了。不過妳不是怕冷？」

我沒有回應，只是匆匆抓過外套，「反正現在就不冷，晚安。」

說完我閉眼，將額頭靠向窗子，呈現面部朝外的姿勢，也算是巧妙避開自己的睡相。

該說晚安了。

話是這麼說沒錯，可是在這種地方，我沒辦法輕易睡著。不僅僅是因為地點，很大的原因也是出於自身長久以來的習慣。坦白說，我不只是睡覺習慣一個人，就連生活起居、人際互動，都是這副獨行俠的德性。或許這就是我沒朋友的主因。

可我也必須澄清自己並非目中無人，我的所作所為，不過是在貫徹父母及旁人眼中早熟的自己。

——簡書憶是個既理性又獨立的孩子，從小父母親忙碌不在時，能夠隻身自理一切、不吵不鬧。長大更是不得了了，父母雙亡還是很堅強地獨自活下去。

我面對寂寞所表現出的沉默，被旁人看作一種成熟、勇敢的行為。

也許我該佩服自己吧，居然就真的一個人活得有模有樣。

可是回頭去看，才發覺所謂的成熟還真是引人發笑。

說穿了，對外物的沉默、對己身的冷漠，竟足以構成成熟的要素。

如果我大學時在新聞社以此為主題，揭發世俗對「成熟」如此膚淺的定義，搞不好一經發表就驚豔四座。

要是我真能以這種銳嘲的心態輕鬆看待就好了，但這又談何容易？畢竟追根究柢，那也不是我所追求的。

「孫景熙。」

睜開眼，我望進他倦意更甚的眸底。

「……抱我。」

是這個才對。

我內心深處最虔誠的期望，一直，是一個簡單的擁抱。

但似乎因為太簡單了，反而遙遠得令人難受。

「只要一下子就好，當作施捨也——」

「我說妳。」

沒聽我把話說完，孫景熙從背後將我摟了過去，手心順勢掩過我雙眼，「別再說夢話了……」從我眼眶被逼出的熱霧，在他掌心裡潰不成軍。

「趕快睡吧，惡夢很快就會結束了。」他平心靜氣訴說著，將頭輕擱在我頸部，「我會用我的方式，讓它結束。」

就算知道無論我發生什麼事，所謂「他的方式」絕不可能循規蹈矩，我卻還是心甘情願的相信著——只要跟著他，一切都會沒事的。

但是，純粹基於友誼對我付出關懷的他，大概不知道我對他的信任，早已摻入不同以往的情愫。

我是如此的一廂情願，如此的悲哀。

也許我真的沒辦法再欺騙自己一切沒變了。

這所有的現象、彰顯於我身上諸多的反常，都再再地顯示著一件事——

「……我喜歡你。」

你說我該怎麼辦？孫景熙。

第六章
密碼的真諦

埀丁之旅結束之後，我照常關注禿鷹教授那邊的研究進度，目前的走勢也有漸趨良好的跡象，我們就這麼順利進行了逾兩週。

直到這週末我被叔叔傳喚回校，氣場很強的他即使透過電話依舊不減霸氣，要我哪個時間出現在哪個地方，自然沒我插嘴或交涉的餘地。

反正我也習慣了，叔叔這個人一直都是這個樣子，不容置喙的下達指令，而我的使命獨獨就是照做。

但是話說回來，今天被找過來主要是因為禿鷹教授的實驗室出了大差池，整班研究群遭到不明人士攻擊，重要資料全被奪走，一丁點也不剩。

事態已經很明顯，實驗所兩次被入侵是同一幫人所做，而且對方是衝著Vampire來的。

「所以曾教授進醫院了嗎？」坐在校長室的絨布沙發，我確認著禿鷹教授的安危。

「嗯，傷勢很嚴重，雙手複雜性骨折、頭部輕微腦震盪，我已經派人去照顧他了。」看見我轉而凝重的臉色，叔叔稍作停頓才又繼續說，「總而言之，在我的其他人手抵達前，研究勢必要先暫停。這段期間內對方不可能什麼動作都沒有，妳看他們下手的程度就能略知一二，這些人是不擇手段的。」

「這就是我被找來的原因吧。」想起研究群受傷的事，我變得眼神堅定，「這一次，我的任務是什麼？」

面對我難得的積極，叔叔仍維持一貫的步調。

「我看的出來妳是因為他們出事而燃起鬥志，但我也必須直說，過剩的鬥志對事情是沒有任何幫助的。」

我沒有回嘴。因為我了解，在叔叔那凡事都已縝密計算過的世界裡，所謂的士氣鼓舞是弱者創造出的詞彙，對他來講等同虛無飄渺。

面對什麼事都不動搖是他對自己的基本要求，他的理性與定性非比尋常，我把他比擬作氦。一種化學性質十分不活潑的單原子氣體。

「在告訴妳該怎麼做之前……有件事必須先讓妳了解。」大概是注意到我意識出走，叔叔再度出聲。於是我很安分地將注意力放回他身上，專心聆聽接下來的一字一句。

「國際間有個龐大的黑市組織，專門協助進行各類不能見光的地下交易。他們沒有名稱，但內部結構紮實，每一名成員都具備過人的精神力與執行力，且散布各地組成嚴密的情報網。」

他推了下眼鏡，反光跟著快速晃過鏡片，「這次他們鎖定的，是Vampire。」

其實叔叔話說到一半時，我就隱隱能感受到我們被盯上了，否則照叔叔謹慎的辦事作風，要襲擊我們兩次是不可能的事。

但最令我在意的，並不是組織即將施加於己身的凶殘，而是他們到底打算拿Vampire做何用途。

「……我該怎麼配合？」又或者，我能做的還剩什麼？

當初找我這個看起來毫無用處的人來插手這件事，為的就是要在這種緊要關頭出其不意。雖然接下來組織會有哪些行動都難以預測，但目前能夠確定的是，對方還不知道密室需要我的指紋鎖，否則我應該早成為首要獵物了才對。

所以到了這個節骨眼，我又該怎麼在他們追查到我之前，阻止事情惡化？

「離開台灣。」一沉著果決地，叔叔口中逸出四個字，聲若洪鐘。

而我頓時成了吞下毒藥的人魚，喪失話語的能力。

這下子，原先跟孫景熙約好要談答覆的日子，恐怕就成了道別的日子了……

墾丁那晚，我沒能控制住一湧而上的情緒，囈語喃喃地就對他吐露真情。也在那一剎那，孫景熙緩緩鬆開覆蓋於我雙眼的手，我透過車內的後視鏡瞥見他決絕的面孔，忽然覺得彼此就要漸行漸遠。

「這樣真的好嗎？」他凝起神色，注視鏡中的我，「對我說這種話，妳認真考慮過了嗎？」

我發現自己一個字也答不出來。

或許是我退卻了吧，畢竟在這段友情裡是我理虧在先，孫景熙早就提醒過我當心別對他動情的。事到如今對他說出喜歡，我無疑像個知法犯法的罪犯，會招致這種局面，全然是我咎由自取。

「……你又是為什麼？」

話鋒停頓，我艱澀地吸口氣，六神無主，「為什麼不直接拒絕我？」

要是能夠明確回絕的話，至少證明他正視了我的心意；至少……我想證明自己不同於其他對象。

終究我也沒有不同嗎？恐怕答案已經昭然若揭。

孫景熙喟出口氣，一番沉甸甸的話語就這麼往我心上一砸。

「我從來沒有想過，和妳發展成朋友以外的關係。」

而後他抹了下臉，臉色並不好看，那是我第一次看見孫景熙對一件事露出困擾的模樣，我的告白居然首次地、真正地困擾了他。

我連厚著臉皮謊稱自己是開玩笑的勇氣都沒有，眼鼻已經酸得逼出一層水分，望著他我只有用盡全力撐起笑。

對比之下孫景熙卻顯得格外冷靜。

「妳談不下去了吧。」既沒有嘲諷、也沒有安慰，他就只是沉著地問著，看我的眼神甚至像是有了某種覺悟。

我全然的語塞。

見狀，他手扶車門把，低頭繼續說：「既然如此，也不必勉強。」

「旅行結束後找個時間碰面，我有話想說。」說完，他推開車門，頭也不回地下了車。

砰的一聲，車門彷彿在我和他之間做出切割，世界從此裂成兩半。

我們約了月底在他家碰面，不知不覺約定的時間就在下禮拜了。而緊接在這之後的第二個日頭，也就是叔叔安排我出境的日子，我想不管孫景熙最終答案為何，從此以後我們都不會再有任何牽連了。

我會前往加拿大，在叔叔的勢力庇護之下繼續虛度我的人生；孫景熙則是留在臺灣，照樣安享來自四面八方的青睞。

我們沒理由再有瓜葛。

至於要告訴孫景熙的說詞我也想好了——

適逢長假，以旅行為由的出國是最具說服力的。我不打算對他坦白一去不回的真相，就算是認識至今首次的欺瞞，難得的一次也會是最後一次，他會原諒我吧？會嗎？連自己都懷疑了。

畢竟利用他人的信任來達成自己的目的，簡直是世上最卑鄙的行為，立場互換的話我也沒把握能夠做到諒解。

但我卻讓私心主導了一切。

因為不希望在出境當天看見他的身影，所以選擇了一套對自己最有利的說法。

沒有人會特地為了區區旅遊一事，親臨機場送行的，如此一來我便能澈底革除可能令我動搖的人物。

乾淨、俐落，我幾乎是完美繼承了叔叔的風格。

想得出神了，我錯將圖書館的書放進自己的行李，應當要即刻取出的我卻動力全無。

頭一仰，我不計儀態直直倒向地毯，而後視線一瞥，正好落在開敞的衣櫃。

因被視如珍寶而摺成的工整矩形，那高貴的杏色，是我今年唯一的生日禮物。那是……他送的圍巾。

我有些恍惚地搖晃著身軀來到衣櫃前，踮起腳尖，從中捧出圍巾、輕輕收入懷裡。

「你給的祝福……」低喃著，我感到一陣鼻酸，視野跟著糊了起來，「最重要的……我最重要的……」我跪坐地面，將圍巾緊抱胸前，顫抖。

清晨，我為了遮蓋連續兩天的失眠而導致的黑眼圈，別出心裁地坐在梳妝台前加強眼妝。雖說是加強……但好像一個不留意，就把自己化成龐克歌手了。

我面無表情地凝視鏡中的自己，沉思半晌，隨即拿出大紅色口紅補足唇色，成就了一副絕艷的妝容。其實也不是特意要妝點成妖冶的厲鬼，只不過是我不認為卸妝重來就能更好。照我這種心不在焉的嚴重程度來看，難保接下來我不會把自己化成妖氣更重的魔物。再說，我也沒有那種重起爐灶的閒情逸致，姑且將就一下吧。

抱持著覆水難收的心態，我就這樣頂著貞子般的膚色出門赴約。

這回拜訪孫景熙家我不如以往逕行入內，而是站在門前按響門鈴，等待他來應門。

過去能夠來去自如是因為擁有密碼學研究這份羈絆，如今研究已經順利結束，我也就不該仗勢彼此的朋友關係妄所欲為，更何況我並不想背負私闖民宅的黑名。

在我讀過的所有書籍裡都一致寫著，縱使是朋友也該注意基本禮節，尤其是我們目前的友誼關係有點敏感，因此像這種登門造訪的情形，最好還是該客氣為上。

想到這我低頭看了下手錶，這才發現從剛才按過門鈴至今已過了約莫兩分鐘，但不論是大門或對講機，都遲遲沒有動靜。

我皺了下眉又按了兩下門鈴，然而回應我的卻只有附近住戶養的巨型看門犬對我示威叫吠，顯然把

我當作需要嚇阻的可疑人物。

再不進去的話恐怕鄰居都要報警了。我佇立門前遲疑了一會，但礙於手機摔壞沒能先透過電話聯絡孫景熙，最後我還是決定自行進入。

一靠近客房我隨即聽見孫景熙的聲音從未關緊的門縫洩出，只是正當我要敲門時，另一個聲音卻令我打住動作。

「你不會真的打算把她押去頭子那吧？」這聲音，是于紹卓。

此時的他與平時大相逕庭，那半瞇起眼的危險目光，正試探性地投向孫景熙。

雖然知道竊聽的行為不好，但是這種劍拔弩張的氛圍，我實在不確定自己是否適合現身。

況且……把人押走是什麼意思？

「紹卓，你應該知道既然已經退出組織，就沒有立場過問這些。」

組織？孫景熙話中的關鍵詞令我升起一絲不安。

于紹卓則是被他平淡的反應給激起些微惱怒，情緒跟著浮動起來。

「快住手吧！」他眉頭緊蹙，不可置信地望著不為所動的孫景熙，「身為組織的幹部你一定也清楚，真的強迫她替組織達成目的後她還是會沒命的。」

眼見于紹卓為了話中不斷提及的對象愀然變色，孫景熙笑了，笑得甚是輕蔑。

而我不禁想知道于紹卓口中的她，究竟是指誰？組織的幹部又是怎麼一回事？

「怎麼？你對她有興趣？」

那挑釁意味濃厚的語句讓于紹卓倒抽一口氣。

隨後他平靜下來，同時也笑了，「原來你還是會在意書憶的啊。」

聽見自己的名字我渾身一僵，不好的預感充斥全身。

「但認識至今你都在利用她，還編造一個根本不存在的學術研究，讓她在不知情的狀態下，協助你破解密室的整個密碼網。現在除了指紋鎖一切都到手了，你覺得，她要是知道你根本不是一名教授，而是黑市組織的高層幹部，她還會輕易讓你騙到指紋鎖嗎？」

「你在威脅我？」

這時門板突然一開，房內的兩人警戒地看了過來，我就這麼和孫景熙四目相交。

那一瞬間，我清晰看見的，竟是一抹掐住彼此內心的絕望眼神。

「為什麼……為什麼不解釋……」我毫無意義地追問著，步伐卻頻頻向後退。

孫景熙……是那個殘暴地下組織的高層？所以打從一開始、壓根就沒有什麼密碼學研究？

我讀出的資訊之所以不曾構成一條完整的訊息，就是因為他自始至終都打算藉此將我蒙在鼓裡。

對我的陪伴、對我的瞭若指掌，靠近我、成為我的朋友，包含我的生日、他的祝福——

一切、這一切都只是為了要取得Vampire的手段！

而我，我居然、居然無法自拔地愛上這個處心積慮的男人！

「啊——」我失控地抱頭吼了出來，轉身跑出大門。

一路上我聲嘶力竭地吼著、跑著，赤裸裸的真相卻狠狠重擊得我失去血色，痛得我近乎精神崩潰。原來我不是還沒成為組織的目標，而是早就被人納為所用而不自知。

如今為了指紋鎖要親自出手將我押走的人，竟然會是我信得毫不保留的對象。那個我最習慣、最親近的男人，那個總是高高在上、卻細膩得足以洞察我所有情緒的男人——始終在利用我！

「啊啊——」我跪在泥地上厲聲哭吼，竭盡一切地宣洩著、痛哭著，早已不知身處何處。

而後伴隨著腳步聲，他已經追上來。

「你別想靠近我！」我心寒地望著眼前的孫景熙，吃力地大口喘息著。

就在幾天之前，自己還抱著這個男人送的圍巾悼念著分離，現在看來，那種舉動簡直可笑至極！

不理會我先前的吆喝，孫景熙面無表情朝我走來，身手俐落地制伏我所有反抗動作。

「不要碰我！滾開、我叫你滾開！」我只能憤怒吼叫，拚命掙扎，「我恨你、我恨你！」

「住嘴！」孫景熙回以兇暴一吼，那冷血不帶情面的樣子陌生得令人恐懼。

慌亂之下我看準他的手臂狠狠咬出一排齒痕，卻見他為了將我擒住而毫不閃避，待我驚覺他的胳膊開始滲血，一陣疼痛突然自我頸後襲來，我隨即暈了過去。

再次睜開眼，我環睹身處的窄室一周。燈光昏暗不明，壁紙斑駁脫落，唯一的窗口位於牆面靠近頂部之處，所以光線進的來、但從裡頭卻看不到屋外的景象。

我從木質的床坐起，冷睇著屋內老舊的古典擺設，最後視線掃向一名陌生女子身上。

「哎呀呀，瞧瞧妳這倔強的眼神多棒？」

她橫拉著手中的長鞭，身著黑色緊身皮衣，跨步毫無聲響。乍看之下，就彷彿是唯有電影才會出現的貓女正走向自己。

八成也是組織的人吧。

「是孫景熙把我抓來這的嗎？」

「叮咚叮咚！」發出答對的聲響，她化身小丑一般以雙手拱出一個大圈，「看不出來妳這個書呆子還挺聰明的嘛！」

我望著她蓄意擺弄的O型腿，靜靜在腦中重整目前掌握的情報。

現在可以確定的是，孫景熙就是黑市組織的人，最初接近我、捏造一個密碼學研究無非是為了要利用我來取得Vampire。這也就代表，組織不僅清楚密室內有著複雜的密碼網必須先破解，也早就知道要從我這獲取指紋鎖。

姑且不論組織為何會有那些密碼圖，在和孫景熙合作讀碼時，我的確不曾接觸過任何解碼後的訊息。也就是說，我從頭到尾都不曉得自己破解了些什麼，更沒想過其實我根本在協助孫景熙逐步攻破整個密碼網。

現在密碼網被破解已成定局，就只差我的指紋鎖了。

所以首先，得要搞清楚在我不省人事的這段期間內，Vampire究竟有沒有成為組織的囊中之物。

「才剛誇妳聰明妳就呆掉啦？還真是誇不得啊。」

貓女將鞭子往我床邊一揮，巨大的聲響頓時將我抽離思緒。

我不禁冷瞪她一眼，「孫景熙呢？」

雖然把一個昏迷的人扛到圖書館，光要定位密室便已太過可疑，因此可能性不大。但孫景熙畢竟是校內的職員，再加上他旺盛的人氣，難保其他同事不會被他呼嚨過去。

「既然妳真心誠意地發問了，我就看妳可憐回答妳吧。現在景熙正在和客戶交涉，所以才暫時把妳這個麻煩的傢伙委託給我，坦白說要不是景熙已經親自開口，我才懶得搭理妳的死活呢！」

客戶？那也就是委託黑市組織來奪取Vampire的人吧。看在我眼裡，不過就是些手段下流的惡人罷了。尋求地下管道介入，來掠奪不屬於自己的東西，這不是下流是什麼？

「哼……」我冷笑，「妳喜歡孫景熙吧？」

否則也不會叫得那麼親暱。

「那是當然的了！組織裡仰慕他的人可不只我一個呢。」她歡快地轉了個圈，開始如數家珍，「景熙他不管是什麼樣的任務都游刃有餘，頭腦好、反應又快，說他無所不能都不為過。但是光憑他在組織裡的地位，就不是我們這些雜魚高攀得起的，更別說是只剩一點利用價值的妳，該不會妳還沒點自知之明吧？」

看來她是想澈底羞辱我這個假想情敵，不過我是不可能這麼輕易就如她所願的。

「要說自知之明……自稱雜魚的妳倒是很有自覺。但是在我看來妳也就這點可取，至於妳對孫景熙那種只能仰視、不能對等的暗戀，簡直既可悲又可笑。」

「有膽妳再給我說一遍！」

一連用了三個「可」字開頭的形容詞把她逼得咬牙切齒。

見她臉色惡毒得像是要將我碎屍萬段，卻壓抑著沒動手，我又繼續。

「臉上鋪著厚厚的粉時最好別露出這種『生動』的表情，畢竟粉餅可不是石膏，沒辦法負擔肌肉拉扯時皺紋的威力。妳若真是想要石膏的效果的話，不妨親自跑趟醫美診所吧。」

「不知死活的女人！」

她氣得尖聲叫了出來，粗魯地將我拽了過去，「妳也就只能趁現在對我耍嘴皮子！但我警告妳別阻礙景熙，否則我不會這麼簡單就放過妳！」

見我不再頂嘴她滿意一笑，撫著長鞭有些自我陶醉。

「哎呀，這不是聽話了嗎？今天我就先放妳一馬，妳最好乖乖在這待著別亂跑，要不然出了什麼事我可無能為力喔！」

說完，她從皮包拿出一只化妝包，逕自離開房間。

我把按著發疼的手腕，以上鎖的金屬聲響大致確認她離開的時機，才又坐回床邊。

「嘶……」

一個女人哪來這麼大的力氣……

我仰頭眺向位居高處的窗口，照光線的強弱來看，現在大概是日落時分。

叔叔幫我訂的機票是兩天後出發，屆時如果我沒現身，叔叔應該會察覺異狀才對。

印象中被孫景熙打昏是早上的事，醒過來卻已經下午，如果我在這段期間被送到其他縣市，那麼叔叔要找到我就更不容易了。

依照目前的處境來判斷，保守估計我至少要在這撐過三天以上。只是剛才那個貓女的要脅讓我有點在意，為什麼會說我阻礙孫景熙？

這時候門板再度開啟，我不禁循聲看過去，隨即迎見策劃這一切的罪魁禍首。

「我的助手似乎被妳修理得很慘。」無聲無息地，孫景熙帶著奚落的笑意走來。

在這之前我確實是時時刻刻都高度留意周遭動靜的，但剛才不論是孫景熙的腳步聲或是開鎖聲，我卻一點也沒有察覺。

不過也罷，反正那種才能對我而言……根本不屑一顧！

「幸會了，才華洋溢的領袖。你們組織的人都習慣不請自來嗎？」

刻意保持的距離感令孫景熙頓時失了笑意，我卻還不打算善罷甘休。

我踱向他身後的牆面，捏起壁紙的角落掀了掀，「把我關在這種年久失修的窄室，還派一個該看精神科的手下來看管，別跟我說這就是你們換取指紋鎖的誠意。」

聞言孫景熙面色微沉，貌似對我相當容忍。這令我更加確信組織還沒取得Vampire，否則他和貓女也沒必要對我忍氣吞聲。

「環境問題我會請人處理，看管的人妳想換也可以換。」

面對我犀利的找碴，孫景熙完全順從的反應令我有些訝異，但我很快就收起這份情緒。

「……換人就不必了，反正那個貓女多少能讓我消遣用。」我冷著嗓子，「況且，我也不相信你能換來一個像樣的人手。」

話一說完，我掉頭走回床邊，不願再與他近距離對峙。

但還沒靠近床緣我就被孫景熙中途攔截，壓制在牆角。

「給我搞清楚狀況了，簡書憶。」

他半瞇起眼，目光陰狠得嚇人。

「在這個妳極其藐視的世界裡，任何一個人，都能輕易斃了妳。而妳，就是再恨我，都不得不認清眼前的事實。」

那與過去判若兩人的模樣，一字一句吐露著來自地獄深淵的細語，狠狠支解著我對他曾有的信仰。

我不禁恨得發顫。

「那又如何？告訴你，我就算死都不會交出指紋鎖！有本事就拖著我的屍體進密室！」

近乎歇斯底里的吶喊，換來孫景熙一抹冷笑。

「妳的斬釘截鐵究竟是不是虛有其表，還得看妳的恨意夠不夠支撐妳活下去。」

我氣憤地揚手想甩他巴掌，卻被他一把捉住手腕，強而有力的手勁使得先前拜貓女所賜的痛處再度疼痛起來。

強忍著不適，我不甘示弱地甩開他的手。

「羞辱夠了嗎？」我眼眶蓄著淚，自尊卻又不容許自己落淚，只能靠怨氣撐持。

只見孫景熙注視著我，看起來想說些什麼最後卻只有退開身子，對我的禁錮也隨之鬆開。

「待會我讓人送晚餐過來，今晚我還有事，妳就自己過夜吧。」

冷淡地說完，他旋身離開，不再回頭。

清晨。

長長吁出一口氣，映入眼簾的是明媚風光的早晨，高窗射入幾絲和煦的晨曦，相當適合賴床。不過顯然我不是那種被綁架還能愜意度日的人。

我被子一掀，立刻坐起身，平復失眠整夜卻被迫躺平的疲勞。如果可以像蜘蛛人那樣攀牆的話，我甚至想將自己掛在窗口汲取外頭的新鮮空氣。走下床，我拾起桌上的漱口水和紅豆麵包，身後同時傳來異物碰撞的摩擦聲。

回頭一看，原來是件瀰漫淡香的大被子，既整齊又蓬鬆的飄了進來。

我將漱口水吐到紙杯，默不作聲地看著眼前重心不穩的無生命物體，好端端地坐落在木床上。

然後視線往旁邊一挪——

「啊——真是夠了！為什麼我非得為了妳這個麻煩人物被使喚來做這種事！」

張牙舞爪發著牢騷的，是和昨天身著同一套黑色緊身衣的貓女。

瞟眼床上的厚被子，我可不記得自己要求過這種東西。

見我一副事不關己，貓女臉色不是很好看地拎起一個小型醫護箱來到我面前，重重一放。

「這、是、給、妳、的！」字字分明，語有不甘。

要給就給，給得這麼不情願做什麼？

「幹麼突然給我這個？」餘光掃過醫護箱，我問。

貓女隨即翻我一個白眼，頭還戲劇化地扭了半圈，定睛在我身上，「廢話，當然是給妳處理手腕用的。」

良心發現想處理昨天暴力之下的產物嗎？

我狐疑地望著她，不是很相信她有這種好心眼。

「看什麼看？妳最好別自作多情以為我有那麼一點兒同情妳，說實在妳就算四肢都被扭斷，我還想開香檳慶祝呢！會拿這醫護箱給妳只不過是聽命行事，還不是因為景——」

本來說得滔滔不絕的她忽然雙手掌嘴，啪的一聲非常響亮。

「因為？」我挑眉。

「呃、景熙他……」

起先她支吾其辭，但只消幾秒，她見苗頭不對又即刻變臉。

「怪了，叫妳用就用，問這麼多幹什麼？給妳十分鐘把自己打理好，等會換上這套衣服還有任務交代妳！」貓女拎起一套簡約有格調的洋裝，布料上既違和又刺鼻的化學香芬立刻被帶了出來，而後她手

起鞭落，我的耳邊頓時又嗡嗡作響。

瞟了她一眼，我晃晃腦，有意地驅走她口中關於「孫景熙」這個名字的聯想，不願把事情想得太清楚。

如貓女所願在十分鐘內吃完麵包、換好衣服之後，她從外頭帶了一批人進來，自顧自地對那些壯漢發落工作。

我坐在床角觀摩多時，終於明白這些人是來整頓舊室的時候，門外又出現一個男人。我麻木的臉色和貓女心花怒放的模樣，頓時形成強烈對比。

孫景熙見我如此反應倒也不願多說什麼，只有稍微以背抵著牆，貌似有些疲憊地托著額際。雖然不明顯，但他胸前有些起伏，貌似正微喘著，我猜想是剛結束慢跑之類的運動。

沒等貓女下達指令，我逕自走向孫景熙，反正身為組織的領袖階級無事不登三寶殿，剛才貓女提過的任務八成和他脫不了關係。

「好了，有什麼事還需要穿成這樣？」

頭一次走出那個房間，才曉得門外是另一個黑暗世界。光是走道就彷彿集結了所有的不祥，讓人不由得繃緊全身的神經，連呼吸都感到壓力。

見我稍嫌落後，孫景熙出聲提醒，「跟緊。」

然後他忽略掉有關服裝的疑問，只講重點，「現在距離房間整理好還有點時間，妳先跟我去應酬。」

我聽著不禁感到荒謬。「應酬？你不擔心我藉機逃走？」

聞言，孫景熙淡淡瞥了過來。「我不會讓妳有機會離開。」

他的篤定使我無話可說。收回視線時我不經意瞧見他昨天被我咬傷的部位，照這個情形看來不像好好處理過傷口。

自己的身體竟然這樣無關緊要，無所謂也該有個限度。

昨晚說是還有事，指的八成也是組織的事，到底什麼時候才記得要休息？

他還是一樣不會照顧自己。想到這我又不甘地發現，到頭來自己還是習慣替他操心。

對他恨之入骨的心情，加上與日俱增的愛意，也許我終身都難以擺脫與他有關的任何習慣了吧。

我慢下腳步，望著他的背影，捏緊裙襬。

「把我囚禁起來到底有什麼目的？」

孫景熙佇足不語，我又接著說：「如果你們要的只是指紋鎖，大可以用更殘暴的方式——」

「我們是商人，不是殺手。」

「但是你們不擇手段！」被中斷發言我再度駁斥。

他轉過身來，凝視著我正抓皺洋裝的手。

「書憶，我承諾過會結束妳的惡夢。記得嗎？」

難能可貴的謙和，娓娓而真摯的口吻，教我既嚮往又難受。

我手一鬆，茫茫向後退了半步。

你不懂，被你背叛才是我此生、最痛不欲生的惡夢。

闔眼片刻，我重整思緒不讓情感牽著鼻子走。

「你不必哄我……都已經沒必要再對我作戲了。況且不管你做什麼，在我眼裡你終究只是個該死的騙子，這點是絕對不會改變的。」

換口氣，我暗暗攢住袖口，音調卻持平，「就是這裡嗎？應酬的地點。」

我們停在一扇類似剛果胡桃木製成的門前，孫景熙就站在我正前方，身上的淡香若有似無地感染著空氣。

沉默半晌，他開口。

「認識妳這麼久，這還是第一次聽妳用該死來形容一個人。我就給妳一個洩恨的機會吧，簡書憶。作為報復，想不想看我受傷？」

雖然那樣強烈的措詞是由我自己所選，但從他口中聽見我仍是為之一怔。

「……你想幹麼？」

孫景熙回首覽了過來，目光竟有些坦然。

「進去就知道了。」

說完，他推開門，一股橡膠墊味頓時填塞了我的嗅覺。我將目光掃入室內，由泥磚砌成的壁面分布著縱橫的管線，延伸至四面八方形成疏而不漏的網，罩住整個空間。房內左側懸掛兩個黑底紅紋的柱體沙包，右側則是一座形似牢籠的上空競技場——也就是所謂的，拳擊台。

而且這擂台的空間設計，是超乎常理的寬敞。

孫景熙走向場邊的座椅區，欠身揀起一副拳套，我也跟近他身旁。

「拳擊，以肉搏鍛鍊體魄，是人類最原始的生存技巧，也是組織的法律。想在組織中生存，不論是體能或精神層面，都要具備相當程度的韌性。」

透過拳擊將自身的肉體及靈魂千錘百鍊，為的就是執行任務時能暢行無阻，卓越的執行力就是他們的唯一準則。

至於法律……

「你們……用拳擊來判斷是非？」

孫景熙戴好拳套，調整姿勢，瞄準沙包時流露出獅子狩獵的眼神。

「在我們的世界裡，沒有是非，只有成敗。」

霍地，他將力道轟入沙包，動作之流暢使我不禁攝息。

此時身後傳來門軸相磨的聲響，我依聲回頭，一名年約四十歲的男子隨即映入眼底。

男子雙手安置身後，兩側跟著一對長相肖似、體型纖細的捲髮少女，估計是雙胞胎。

「組織的事情，光用講的妳大概不會有體會，就用看的吧。」凝望遠處的男子，孫景熙對我這麼說。

「用……看的？」

不曉得為什麼，我有種強烈的預感，也許很快地，就要發生什麼事。

「這裡就是組織的刑場，只要手上有一件案子失手，就要在這個地方接受處刑。」目光投向場內，他又繼續說，「算是為了滿足施刑者的癖好，受刑人要帶著自己最親近的人到場邊，當作能夠眷顧自己的對象，所以妳才會出現在這。」

正因為拳擊是組織成員共同信服的，所以他們才視其為懲處失敗者的量尺，我想，這也就是他提過的「法律」背後的涵義。

「眷顧……」

低聲地，我不經意脫口而出，就見孫景熙瞅著我，眼光閃過一絲異樣的情緒，隨即又冷峻起來。

「妳不必想太多，站在妳的角度，是以所謂幸運女神的身分，來這裡觀賞施刑的過程。就當作各取所需吧，我需要一個不會大驚小怪的幸運女神，接下來的畫面也應該足夠供妳宣洩一些恨意。」

觀賞，他用的是觀賞這個詞。

只是更令我在意的是，就算在這個僅有成敗、沒有是非的世界，順利抓到我的他……怎麼能算是任務失敗？

我沒能釐清原由，孫景熙已躍上拳擊台，居高俯瞰著從門口踱向場邊的那名陌生男子。

坐在場邊長椅，男子眼一瞇，不動聲色地輕輕扭動頸部的筋骨，一舉一動靜謐如蛇。

「嘶……你怎麼會要自己淪落為受刑人了呢？最受頭子愛戴的幹部。」

單頻低溫的談吐，缺乏底氣的語速。

對孫景熙說話的這個人，很可能是主持這場刑罰的施刑人。

他將視線緩緩游移，靜止在我身上。

「是為了這個不起眼的女人嗎？」

我看得出他眼底的不以為然。

但此時面對組織的一員，我並未表現出任何類似於憎恨的反應，僅試圖抓住所有的蛛絲馬跡，從而推敲出事況的脈絡。

按照孫景熙剛才所說，會來這裡受刑的都是任務失敗的人。

如今我成了籠中鳥，就算再不願屈服，孫景熙還是能以其他手段強行取得我的指紋。這件事對他來說，應該易如反掌才對。

可是，他卻讓自己以受刑人的身分來到這裡。為什麼？

「你只要做好該做的事，其他的事還不必你來操煩。」

孫景熙往前邁了一步，語氣像在提醒些什麼，而對方宛若也能領會箇中涵義，姿態則不疾不徐。

「看來我的關心被嫌棄了呢。」

他輕聲細語，毫無可惜之意，「罷了……我倒是滿好奇，你的膽識能不能創造刑場上的生存奇蹟。」

說完，他安然垂下眼皮，右手輕輕一揮，兩名體態異常壯碩的硬漢隨即被先前那對雙胞胎帶了出來。

我有些怔忡地望著雙胞胎解開他們手腳上的鐵鐐，接著兩個男人從左右兩側躍身場上，舒展筋骨時，關節磨擦的彈響聲陣陣傳來。

難道處刑的意思，就是二打一？

看著場上三人，我頓時感到坐立難安。

就在兩個男人佩戴拳套時，處刑人又開口：「我想應該不必我提醒你，刑場上的一切沒有情份可言，這些被組織流放而恨意十足的罪犯，也不是見血就能滿足的。」

言下之意就是，不以生命當賭注打個你死我活，不會善罷甘休。這些人，簡直是瘋了。

姑且不論雙方的體型，這場競賽從根本來看，以寡敵眾的孫景熙就是屈居劣勢的，何況那兩個人還是罪犯。我浮躁地盼往孫景熙，卻見他已進入備戰狀態，彷彿對眼前敵人的任何動靜、甚至肌肉的細微抽動，都觀察入微。即使條件不利，他還是不打算任人支配。

如同預期，戰火點燃，率先出手的是殺氣騰騰的罪犯。

我關注著場內狀況，不論是誰揮拳都教我不禁捏把冷汗。

孫景熙的對手雖各持叵測的節奏，共處起來卻不會互相干擾，想必是受過特殊訓練才能合作無間。

「孫景熙……」我低喃著。

也許因為我表現出的強烈恨意，使得孫景熙認為我是來觀賞他落難的慘狀，但只有我一清二楚，自己對他的處境感到憂心忡忡，甚至在內心祈禱自己真能擁有眷顧他人的能力。

我希望他沒事，騙不了自己。可是就算如此……

不寬恕。他的所作所為，欺騙、背叛，都已經讓我不敢輕言寬恕。

注意力再度回到場內，其中一名罪犯挨了重重一拳而跪下倒地，隻身迎戰的孫景熙也因體力急遽消耗而開始低喘。

就算現在收拾一個，照目前雙方損失的體力算起來，敵人還是佔絕對優勢的。

繼續這樣下去，即便孫景熙再怎麼厲害，體力透支也只是遲早的事。

這時，原先跟在處刑人身邊的那對雙胞胎，再度帶入數名銬有鐵鐐的男人，同樣擁有偉岸的背肌、魁梧得不尋常的身材。

這次是四個。

我屏住呼吸，看著他們一一被解開的鐵鐐，頓時明白拳擊台異常遼闊的原因。

想成是二打一實在是太天真了，場地這麼大明擺著是為了要多打一，而且照剛才那兩個罪犯互相配合的模式，這四個也肯定受過相同的訓練。

我看著剛被釋放出來、如野獸的四人戴上拳套，而後走近拳台，一躍而上，霍地一拳就從孫景熙的後腦揮去。

「——不要！」

幾乎是出於反射我起身大喊，卻見孫景熙已經用手擋住攻擊，避開要害。

就只有一瞬間，孫景熙分神看過來，眸中有著一閃而逝的驚訝。

下一秒，另一名罪犯又朝他側臉一擊，孫景熙頓時嘴角出血。

我心慌地奔向場邊，卻聽他一聲呵叱。「不要靠近！」

止住腳步，我停在一個碰不到他的距離，目睹他因我而露出轉瞬的破綻，招致身軀一處又一處的染血。

僅僅是轉眼間的事，他的臂膀被抵在拳擊台其中一角的立柱，關節處承受著沉重的連擊。仔細一看，對手的拳套上布滿銳利的細刺，每打一拳就會在孫景熙身上大面積地扎出幾個血孔，最後皮開肉綻，裂成好幾道血口子。

他的血液如漲潮般不斷湧出，鮮血爬滿整條手臂就像經絡，孫景熙費了很大的功夫才得以脫身，但右臂卻已經抬不起來。

我簡直看不下去了，認識至今，我也從未看過有誰能讓他如此狼狽。

「別開玩笑了……你要我、別靠近？」

我的聲音幾乎是顫抖的，質問的同時我腳步上前，一步、一步邁向擂台。

「你明明就是個卑鄙的騙子，有什麼資格要求我聽你的話？」

靠近擂台的過程中，我沒有受到任何阻攔，就好像全世界都目睹了自己飛蛾撲火的瞬間，卻沒有任何一個人在意其死活，更別說是出手阻止。

原以為自己早已習慣這種不被在乎的感受，可就在我踏入場內的那一秒，孫景熙竟放棄了生死攸關的對決，甚至背對敵人——就為了將我整個人擁入懷中。

天知道那種感覺有多令人想嚎啕大哭。

「用性命安全來跟我賭氣，值得嗎？」他審問著，語氣有著說不出的溫柔，既內斂又依稀帶點責備。

我聽著再也無法強裝鎮定，整顆心痛得快暈過去。

「我不想聽你說教！」我眼眶泛紅，「一次也好，能不能不要永遠那麼實際、那麼聰明，能不能不要每件事都用值不值得來衡量！」

我像潑婦罵街那樣吼他，揪緊他沾滿血漬的衣襟，心中還有太多想對他破口大罵的話，我也想訓斥他身體髮膚受之父母的道理，可當接二連三的力道隔著他的身軀陣陣傳來時，我別無選擇只有緊緊擁抱他，奢望著靠近他一點就能碰觸他的心、感受他所負荷的疼痛，結果我終究只能狼狽痛哭。

「……書憶……」

儘管在對手的攻勢中他撐住身子，孫景熙的音色卻早已破碎不堪。

「不會有事的……」

我不清楚他說的是否只是安撫，可當我聽見他沙啞得嚇人的嗓音時，我的心臟頓時大跳如鼓。為了能看清楚他的臉，我稍微退開身子，但是孫景熙卻更加鄭重地抱住我，使我依然無法看見他的表情。

「我不會反抗……所以，他們也不會對妳出手。」

孫景熙一句話正好就落在我耳邊，即使可以感覺到他此時的虛弱，一番話卻仍具強烈殺傷力，硬生生在我腦中劈入一個可怕的念頭。

我臉色一白，「……什麼意思？」

我努力壓抑著不好的預感，卻阻止不了不斷拼湊出實情的大腦。

如果，他是以自己作為代價，去和處刑人換取我的平安……

如果……如果說，他把我關在這的目的，是和叔叔一樣想暗自將我藏起來，組織上頭根本不知情的

話……

「靜靜聽好了……」他說著，親吻著我頭頂上的髮絲，動作輕淺得好像他不曾存在過一般，「不管發生什麼事、不論需要付出多少代價……我都只想確保妳沒事。」

我來不及過問他是否為了保全我的行蹤，才以自身作為封口費，如此任由那個施刑的男人處置。忽然間，後頭一下重擊，孫景熙像是失去最後一點體能，抱我的力道一鬆，整個人毫無防備地向下墜落。一切來得太突然，我伸出手來卻沒能拉住他，孫景熙就這樣與我失之交臂，臥倒在我眼前。鮮血從他的傷口不斷冒出、蔓延，直到血泊染紅我整個視野，剎那間我像被前所未有的惶恐給撕裂。

「──孫景熙！」

我慌張地喊了出來，淚水難以抑制，「你怎麼了？孫景熙你不要嚇我！」

「我一直欠妳一份自由……」他的呼吸緩慢低淺，目光失去光采，我完全能猜到他接下來想說些什麼，卻一點也不想聽，就只知道緊緊抓著他、用力搖著頭，「不要、我不要自由了！除了你我什麼都不要了！只求你不要離開我、別丟下我……」

捧著他逐漸失溫的臉，我愈說愈倉皇，「就算、就算繼續被你欺騙，我都不會再有怨言……好不好？你說話啊！」

只見孫景熙一語不發，望著我的眼神逐漸失焦。

我喃喃說著「不要」，卻只能眼睜睜地，看著他的雙眼緩緩、緩緩地閉闔，最終時空凝結了，而我卻措手不及，心臟也跟著漏跳一拍。

兩眼瞠圓，我深深地倒抽一口氣，而後窮盡渾身的氣力，尖叫。

「啊——啊——」我的世界，從此四分五裂。

第七章
盤根錯節的真相

疼痛，茫然。

我所僅存的知覺。

自己究竟是何時昏過去的，何時又被救出來了，儘管床邊的叔叔早已鉅細靡遺對我說明多次，我依然理不出頭緒。

模糊的意識中，我無法思考。

「……他呢？」我脫口而出，冷靜得連自己都該感到訝異。

印象中孫景熙受了重傷，流了一地的血，他那冰冷得令人害怕的體溫，此時此刻還清晰烙印在我的記憶裡。

然而，儘管獲知了叔叔如何營救出我、明白了場面如何千鈞一髮，我卻仍然對孫景熙的下落一無所知。

叔叔和霍子凡互相對看一眼，模樣大概就是所謂的面面相覷，而我無視於反映在他們臉上醒目的擔憂，僅僅是高冷地瞅著他們——同樣身為騙子的倆人。

究竟是我太好騙，還是這世上本來就沒什麼值得相信的？

不。誰能料想得到，深信不疑的親人竟會暗中派人接近自己，來觀察自己的一舉一動；誰又可以想像自己跟某人的每一次相遇，全是種深謀遠慮的算計？

——霍子凡竟然是叔叔安插在自己身邊的人。

荒謬！

更荒謬的是，眼前這個自己口口聲聲喊著叔叔的人，早就察覺組織的人滲透到學校，卻對自己隻字未提！

怕我打草驚蛇。好個冠冕堂皇的理由，他還是一貫地謹慎行事，卻謹慎得我都悲哀了起來。

「妳到現在還這麼重視姓孫的那個騙子？」

騙子？「你難道就不是嗎？」

我不禁慘笑出聲，「Uncle，別忘了你騙我的不比孫景熙少，你們把我變成全世界最悲慘的人。」

「我是為了顧全大局。」

「想顧全大局，殺了我豈不更乾脆！」

啪。熱辣的一掌摑了上來，我瞥向地面，眼神空洞。

「妳還真的已經不是從前那個，成日把我當作第二個爸爸的女孩了。」

說著，他往門前邁去，我在後頭面無表情，眼眶卻硬生生濕了一圈。

「我也沒理由再插手妳的任何事了，不是麼？」

他的手觸碰了門把，有幾秒是停頓的，可當我抬起頭來，他卻沒回頭，背影就這麼遙遙遠去。

「……你不是想扮演一隻愚忠的狗嗎？還杵在這做什麼？」

餘光掃過被禿鷹教授稱作天才的霍子凡，我像出氣似地對他口出惡言。

然而他並沒有絲毫動怒，平心靜氣只吐出四個字。

「屍骨無存。」

四個字，清楚交代了孫景熙的去向，卻猛然衝著我胸口重重一搥，痛得我喘不過氣。

「你憑什麼這麼說？別跟我說你親眼看到他被——」

「我親眼看到了。」霍子凡強硬地拔高音量，「他們把孫景熙丟進滿是鬣犬的鐵牢裡，時間……緊迫得只夠我們救走一個人。」

我的眼淚一下子奪眶而出。

「……我不信。」

輕輕搖頭，我逕自揮去淚水，「你以為我還會相信你們這些騙子嗎？」

「我們已經沒有騙妳的必要了。」

「出去。」

「請妳接受事實——」

「我叫你出去！」

我氣得抓起床頭櫃上的花瓶，直往霍子凡的方向砸去，可他卻毫不畏懼地佇立原地，任由花瓶從他身邊越過，一聲巨響後碎了滿地。

見他還是不走，我開始崩潰吼叫，「騙子、我叫你滾！滾出去！滾啊！」

我抓起床邊開敞的行李袋，一件又一件的衣物被我拿來當作攻擊的武器，扔得霍子凡腳邊一片狼藉，卻沒有任何一件真正地擊中他。

——「照妳現在這個情況，就算讓妳丟一百次我也不會被打中任何一次。」

赫然想起孫景熙曾對自己說過的話，我更是哭得歇斯底里。

「啊——啊——啊——」

騙子！一個個都是自以為是的騙子！

自以為是地救了我，又自以為是地要我接受殘酷的真相！

從頭到尾，誰又問過我的意願？憑什麼、到底憑什麼隨隨便便就決定別人的生死！

我足足發狂了好一段時間，直到嗓子都啞了，霍子凡才終於靠上來，出手按住我肩膀。

「妳冷靜點。」

「放手！誰准你碰我！」

我劇烈掙扎，失控地甩了霍子凡一巴掌，可他依然沒鬆手，我們就這樣僵持在原地。

霍子凡注視著我，面上的神情沒有半分動搖。

「他死了。」他一字一字地說，沒有任何轉圜的餘地，「孫景熙，已經死了。」

頓時，我如同萬箭穿心，雙目一瞠，再也沒有多餘的力氣反抗。

他……死了？他怎麼可能死？

我都已經知道他即使要將我軟禁，不擇手段都要把我藏在他的保護傘之下了；甚至我也知道，為了讓組織裡知情的競爭對手保密，他不惜把自己交給對方在刑場上處置。

事情都到了這個節骨眼，他怎麼可以……怎麼可以在這種時候……

我兩眼無神，眼淚直掉。

「我很抱歉。」霍子凡的手幾乎要碰到我面上的淚，最後卻停在半空中，隨之而來又是強人所難的請求。

「但是請妳……振作起來」

我瞅著他，心灰意冷。

「你真的覺得自己救了我嗎？」

他沒說話，我就當是默認了。

「在你們選擇對孫景熙見死不救的同時，有沒有想過我會因此而恨你們？」我接二連三地問，「還是你們以為冒著生命危險，潛入孫景熙的地盤把我救出來，對我來講就是最好的結果了？」

我想故作風度跟他談論這件事，可我發現自己辦不到，我就是壓抑不住忿忿難平的心情。

霍子凡還是一副三緘其口的樣子，隨後我別開了視線，低下頭，撫著額際感到有些頭昏。

「當時……」

我暗暗吸口氣，試圖緩和情緒，「到底……我到底為什麼會暈過去？」

如果我沒有昏倒，是不是我和孫景熙的結局就會不同？

是不是，他就不會明明與我近在咫尺，卻死於非命？

「如果妳想問到確定的答案，我不知道。真的。」霍子凡終於開口。

接著他看向掛在牆邊的洋裝，「不過雖然沒有十足的把握，我想，妳大概是被下藥了。」

我頓了頓，「下藥？」

霍子凡瞧了眼我的反應，又繼續說：「那件洋裝上，有藥物殘留。雖然沒辦法這樣就斷定妳是被下藥才昏倒，但這件洋裝不會平白無故出現藥劑，不得不考慮這個可能性。」

「你是想說我被孫景熙迷昏？他沒道理這麼做。」

縱然腦中已直覺聯想到洋裝上的化學香氣，我仍毅然地想否決他的說法，甚至搞不懂自己究竟在抗拒些什麼。又或者是說，因為內心深處隱隱有個底、有個會令人心疼得想逃避的答案，於是我夾著尾巴地逃。

「那是因為他知道，就算他要放妳走，妳最後還是會選擇留下。」

霍子凡卻只用一句話，就教我無所遁逃。

「我想，孫景熙大概早料到我們會找上門，也決定要放妳走了，所以當我們到達時，孫景熙的人馬沒有將我們擋下，反而協助我們潛入。」霍子凡直視著我，肯定地說：「連我都能感受到他對妳的重視。」

我從沒想過霍子凡的一句話，竟會催淚得令我再度紅了眼眶。

仰頭眺向天花板，眉心一擰，我用手捏緊鼻梁，天真地以為這麼做就能忍住淚水。

「霍子凡。」我哽咽地喊了他的名字，想起他們對身負重傷的孫景熙殘酷的暴行、想起孫景熙是抱著什麼樣的心情與我對立，再想起自己是如何讓他的痛苦變本加厲，我就自責得難以換氣。

「像我這種愚蠢的人……」

低下頭，我任由長髮披落，遮住自己的臉，「何不乾脆讓我自生自滅呢？」

霍子凡無話可說，我懂。

可是我……可是……我……

「不要……我不要這樣的結局……」

求你別死……孫景熙……

此時霍子凡的手終於抵達我頭部，他安慰似地拂過，我的心卻忽然空了一大塊，無法填補。

上一次這樣安慰我的人，是孫景熙……

一直以來都是他啊。我太習慣有他，習慣到已經無法想像他會離我而去。

揮開霍子凡的手，我奪門而出。

我在街上跑著，打著赤腳，路上血跡斑斑都是我踩過花瓶碎片而流出的血，我卻沒感到半點疼痛。

我逃了，逃離那個太過真實的世界。

太可笑了，曾抱怨自己被包裹在重重的謊言裡，此時卻不願意接受現實。

停在街角，我被突然下起的雨淋得一身濕，同時卻也清醒了許多。

我大口喘著，行車絡繹不絕的聲音、喇叭響徹天際的聲音，甚至是行車糾紛的嘈雜聲，全都變得模模糊糊，只剩愈來愈滂沱的雨聲逐漸清晰。

往後一退，我貼在電話亭邊，慢慢、慢慢地向下滑落。

「嗚……嗚嗚……」緊掩口鼻，我哭著、喘著，抑制著哭聲。

活了二十幾年的我，頭一次如此地渴望，這世上真的存在所謂的奇蹟，能將孫景熙帶回我身邊。

曾經我以為自己是最了解他的人，曾經我也以為自己是離他最近的人，如今血淋淋的事實賞了我一記當頭棒喝，我才驚覺，他明明離我這麼近，我竟不曾接近過他的內心。

而他，卻遠比我自己更加了解我。

他捉住我手腕時微妙放輕的力道，他對我放狠話時眸底碎裂的寂寥，他遠遠走在前頭為我腹背受敵的決心，怎麼我就像瞎了眼一樣不識好歹？

「白癡……」

我簡直是天大的白癡！

此時就在我正前方，出現了一個人，居低的我首先只看見一雙鞋。那是前陣子很流行的Derby，當我的目光完全靜止在他的鞋尖，濺在上頭的雨水便沿著皮革滑下。

緩緩抬頭，眼前的景象既不是稍早離去的叔叔，也不是事後追出來的霍子凡，而是于紹卓撐著一把透明的傘，為了幫早已濕透的我遮點雨，搞得自己肩頭濕了一片。

「離家出走嗎？」

他率先開口，然後蹲了下來，就像關心小動物那樣看著我。

此時與他相望的我並沒有任何表情，想起他那天和孫景熙爭執不下的樣子，他八成也和組織脫不了關係。

冷哼一聲，我別開臉。「這與你無關吧。」

如果他知道孫景熙發生什麼事，開口的第一句話也許就不是如此了。

我吸口氣，打算起身一走了之，于紹卓卻在後方喊了一句。

「我知道妳在生我的氣。」

我止步，但沒有回頭。

「騙妳是我的錯，我願意道歉。」

他在我身後逕自說得認真，一番天真的發言令我不禁一嗤，我轉過身來，斜睨著他。

「道歉能改變什麼？」

唯一改變的，說穿了也就只有隨後減輕的罪惡感而已，不是嗎？

「對不起。」

也不管我接不接受，于紹卓一句道歉率先擲向我。

雨停了，天空中烏雲消散，陽光從中披瀉而下，坐落在他臉上。

他謙遜的表情在光線的襯托之下，顯得有些刺眼。

「你說這些，是希望獲得我的諒解嗎？」

我淡淡問著，于紹卓卻笑了，一抹歉疚的笑。

「我發現妳真是個容易心軟的人，否則妳也不會停下來聽我說話。」

他收起傘，笑容裡竟有些無奈，「但也因為這樣，我對妳更是愧疚。」

我對他所說的字字句句都感到意外，一時也不曉得該作何反應，只能任由他繼續發言。

「所以，我不要妳原諒我，只希望妳能給我一個補償的機會。好嗎？」

于紹卓說得誠懇，好像所有問題真的都能迎刃而解，而我卻絲毫看不到一線生機。

其實我大可以用諷刺的口吻問他怎麼補償，但我始終沒有這麼做。

我只有吁出一口氣，累得只夠吁出一口氣。

「現在，對我來說最好的彌補，就是讓我一個人靜一靜。」

輕聲說完，我拖著沉重的身軀，走向大雨過後的人行道。

于紹卓沒有攔我，也沒再說話，那是他和孫景熙相同的優點，從不求好心切、也從不急於逼人。所以即使我在街上漫無目的遊走時，他一路尾隨在後，也不會讓我有想排斥的衝動。

於是，他跟著我度過日落、深入黑夜，隨我踏過天橋、又陪我靜待公園。當我坐在便利商店內喝著一個人的咖啡，他便倚在玻璃窗外旁的牆面，藉著視線死角的遮掩守在一旁。

我不是沒注意到他的存在，也不是容許他用這種方式來跟蹤我，只是我不願花多餘的力氣，來指責他跟我走了同一條路。

我執起還沒喝完的咖啡，走出自動門，于紹卓見我終於走出來，也跟著起身，我方向一轉，面朝著他走過去。于紹卓以為我有話對他說，兩隻眼直勾勾地觀望著我，然而我什麼都沒說就與他擦肩而過，這時他才終於出聲喊住我。

「說是要回家，鑰匙有帶在身上？」

我凝視地面，簡答。「嗯。」

說完，我再度邁開步伐，于紹卓也在同時開口，這回語調還似乎暗藏玄機。

「是嗎？」

我一聽，下意識摸進口袋，接著一臉不敢置信地回頭。

「你偷了我鑰匙？」

不等他回答，我直接命令，「把東西還給我。」

結果于紹卓不僅高舉雙手作勢投降，還一副事不關己的笑了。

「妳懷疑的話可以搜身。」

我簡直氣炸了！

「于紹卓！你不要欺人太甚！」我激動了起來，氣得眼淚都要飆出眼眶，卻依然不忘狠狠瞪著他。

這時候于紹卓雙手放了下來，他走向我，含笑的眼神也產生微妙的不同。

「我沒有要欺負妳，只是我有義務對妳的安危負責。」他語氣溫柔，伏身至我的高度，然後小心翼翼地注意著我的表情變化。

確定我有在聽他說話後，他才又繼續說：「鑰匙在我這沒錯，但現在是危險時期，組織隨時有可能找上門，我不能讓妳一個人回家等死。」

「我不需要你的保護。」

「即使父親的研究被當作生化武器，高價販賣到戰亂國家，濫殺一堆無辜的百姓，妳也堅持不接受我的幫助嗎？」

見我被他堵得說不出話，他微笑，指了指我裸裎的腳。

「先帶妳去穿雙鞋吧。」

「我會還你錢。」

既然找不到理由拒絕，我只好退而求其次，但于紹卓卻不懂我的用意。

「用不著這麼客氣，一雙鞋又沒多少錢。」他擺手擺得自然，我隨即又快速重申：「我會還。」

見我如此反應，于紹卓一時錯愕難掩，隨後一聲輕笑傳來。

「好好，答應妳就是了。」

聽得我不禁眉頭一皺，「我真的會還。」

不把我說的話當真嗎？

而後他就只是伸出手指推了推我眉心，一臉拿我沒輒地莞爾。

「行了、我也是真的知道了，妳堅持起來還真不是普通的棘手。」

我沒否認，就只是默默跟進他的腳步，走入喧囂的夜市。

後來，我們順利買到一雙鞋，本來應該買完就走，但于紹卓憑著他的三寸不爛之舌，要我陪他逛逛夜市挑禮物，結果到最後，他手裡提的幾套女性衣物，從要送女友的禮物演變成我的所有物。

我為此頓足了好一會，這小子，居然無中生有出一個女朋友，而且最離奇的是，我對這個曾騙過自己的男人深信不疑。

究竟是他騙人騙上癮，還是我受騙成慣性，我都已經有點摸不著頭緒了。

「妳該不會在生氣吧？」于紹卓一副戰戰兢兢。

自從發現他買的那些衣服不是要給女友，而是給我的，我就一路安靜到現在，所以現在他有這種懷疑也是相當正常的事。

我瞄他一眼，嘆息。

「你倒是很清楚自己的行為會惹人生氣。」

被我酸了這句，于紹卓只好雙手一攤，尷笑，「不然我人在這，隨妳怎麼處置？」

「真的？」

「說謊吞一千根針。」他說得肯定。

「好。那你現在就脫個精光，在這個社區裸奔三圈，然後自己去警察局投案。」

我刻意說得輕描淡寫，于紹卓的下巴簡直要掉下來。

「我住在這個社區、妳要我在這裸奔？」

「你想去市政府也行。」

任人處置可是他自己說的，比起他林林總總騙我的事情，我對他這區區的惡整又算得了什麼？

于紹卓正經八百瞅著我半晌，接著，開始脫衣服。

這下換我愣住，這種荒誕的要求雖是我提的沒錯，但我沒料到他會真當一回事。

「喂、你幹麼！」我將他扼住。

于紹卓停下動作，用他黑得發亮的瞳仁盯著我，「妳不是要處罰我裸奔？」

「但是我並不想看見你的裸體！唔——」

急躁之下我絲毫沒控制音量，于紹卓趕緊一掌摀住我的口。

「這種話講小聲一點啊，現在已經很晚了……」

過近的距離使我一斥，我當機立斷狠狠肘擊他腹部，從他的手掙脫開來，而他遭受我的突襲頓時捧腹。

「痛！」

讓他受傷並不是我的目的，只是我受夠遭人箝制的感覺，反應才會這麼大。

本來我是該先關心他的狀況，但我並沒有這麼做，反而落下警告：「現在你該清楚了吧？不想被暴力對待就離我遠一點，我是不可能手下留情的。」

見我鐵了心要棄他而去，于紹卓好像突然沒事一般，直起身子擋住我去路。

「全裸可以、肘擊可以、吞一千根針也可以，唯獨不可以放妳回去。」諄諄教誨似地，他再次強調，「我說過，妳住的地方已經不安全了。」

「我只記得自己答應過你買鞋的事，可不記得自己承諾過要跟你走。」我提醒著。

確實，我不能對Vampire的事撒手不管，但我憑什麼要相信眼前這個滿口謊言、甚至偷了自己鑰匙的竊賊？

「除了我，又還有誰能幫妳？」

于紹卓就這麼一個簡單的問題，我竟一個字也答不出來。

見狀，他輕輕一笑，又繼續說：「不管妳有什麼打算，對組織一無所知是不會有勝算的。妳不必信任我、甚至不必原諒我，推心置腹也不是我們之間所需要的革命情感。我只是想讓妳知道，『妳需要幫忙，而我能幫妳』，事情就是這麼簡單而已。」

我開始不明白他這股不拔的堅持。

「于紹卓，你為什麼要幫我？」我問著，期望他能給我一個相信他的理由。

然而于紹卓沒有立刻回答，僅僅是轉過身，背對著我。

「擇善固執，聽過嗎？」

我只能看著他的背影發愣。

發生了這麼多，憤慨了那麼久，我終於明白自己一直以來的信仰，所謂的習慣，只不過是種掩耳盜鈴的自我安慰，說穿了是種逃避。

人們用「習慣了」來為自己營造百毒不侵的假象，好像沒什麼事是不能習慣的，卻從沒想過有朝一日連假象也不剩的自己，竟然會如此的不堪一擊。

所有人都中毒了，病入膏肓卻仍在習慣裡沉淪。我清楚知道自己戒不掉有關孫景熙的所有習慣，可事到如今我別無選擇，我只能面對現狀、改變自己。

人總該學會義無反顧。

抵達他家門口，娓娓地，我打破了沉默。

「擇善固執，就是指對的事情吧。」

于紹卓依聲回頭，眼神透露出幾分訝異。

輕嘸口氣，我繼續說：「那樣的話，于紹卓。」

放下顧慮、放下執著，早在爸創造出Vampire的那一刻，我就已經失去自私的權利。

「就如你所願吧。」

那晚過後，我受于紹卓的安置，住到他家一幢位居郊區的私人宅邸，至今也快滿一個禮拜了。世外幽境。這是我見到那個地方的第一個想法。

短短幾天下來，不得不說于紹卓確實把一切都打理得很好，舉凡食衣住行，甚至生活起居，他都完善地安排專人照料。

室內有數名寡言的男士日夜留守，閘門外則定點式地部屬了幾名衛兵，但未經同意，沒有任何一個異性得以隨意接近我，能與我接觸的只有一個叫作童樺的女孩。

她扮演著管家的角色，年紀卻遠比我輕得多，是個年僅十九歲，甚至比于紹卓要小兩歲的少女。

我想過于紹卓的身家背景也許並不簡單，畢竟這種雄厚的財力並非尋常現象，也不是每個二十一歲的大學生，都有能力一手張羅這種事情。

和于紹卓靜下來好好談過以後，我得知他曾是組織的一員，也從他那得知不少有關組織的事。好比說，組織裡的每個人都有各自幾項頂尖的特質，有的成員精通變聲、有的善於製毒，能力越強自然能接下越多案子。

而孫景熙在組織裡之所以格外受到重用，是因為他一個人的才能，就遠比好幾個成員的加總要來的卓越。

于紹卓提過的其中一項才能，我最印象深刻的，就是他過目不忘的能力。不論是什麼樣的資料、甚至圖像，只要讓孫景熙看過幾秒，他就能完整複製出一模一樣的內容。

「他完全把其他人比下去了。」于紹卓是這麼形容他的。

種種的才能，再加上驚人的領悟力，我想我完全能夠理解他為什麼這麼說。

但也因為太優秀，早有人虎視眈眈的想扳倒他，我想那個施刑人就是其中一個。

為了幫助我了解組織，于紹卓提了很多，幾乎是有問必答。然而他卻從沒提過自己在裡頭的定位、或是擅長什麼，我所知道的，都是從那個叫童樺的少女口中聽來。

于紹卓善於行竊。

「想必妳對那種才華嗤之以鼻吧。」她對我這麼說：「但在我眼中，世人眼中的『偷』，由Sean來執行就變得像魔術一樣不著痕跡，是藝術的境界喔。」

Sean是她稱呼于紹卓的方式，只要提起于紹卓，她就有股難以形容的自信。

話都說到這個份上了，其實我多少可以看得出來，她對于紹卓有著某種程度的青睞，不過意外的對我這個來路不明的女人沒有絲毫敵意。

她很溫柔地告訴我：「善待Sean的朋友是應該的呀。」

朋友，多麼久違的詞，我無意否認，卻也沒有勇氣認同，當下我只顧著為她那超齡的大愛所震懾。

換做是孫景熙的那票瘋狂粉絲的話，別說善待了，連和平相處都不可能，恐怕還會想把我丟入太平洋餵魚。

嘴角一揚，我淡然輕笑，偌大的書房裡，靜得只剩下自己的呼吸聲。

我把所有人都阻絕在外，一個人關在房內讀了兩大疊的書，但也許是因為份量還是不夠多，我一直沒辦法全然沉浸在書中，時不時就會陷入自己的思緒。

然後，總忍不住想起孫景熙。即使他騙了我、利用我對他的信任來達成自己的目的，即使他一手造成的痛苦是如此難捱，我還是無可救藥的想他。

太懷念了，懷念得連自己都不知道該如何是好。

「對不起，我擅自進來了。」

忽然，童樺端著一杯熱呼呼的飲品，就這麼走進來，香氣四溢的。

餘光掃過窗邊夜色，這時間喝咖啡？

「妳請便，我先出門了。」

答畢，我將書疊齊，起身，就見她將手中杯子匆匆一放，趕緊攔住我。

「啊，等等我。」

她衝著我憨然一笑，講話畢恭畢敬的，「讓我陪妳去吧！這麼晚了，妳一個人出門要是發生什麼事，我不曉得該怎麼跟Sean交代……」

我聽著，目光落在她纖瘦的體態，不禁愣了愣，有些欲言又止。而她立刻就領會我想表達的意思，隨即往自己胸脯一拍，像想保證什麼那樣，「別看我這樣，我身手不錯喔！」

「是、是嗎。」不忍心打擊她的信心，我只好尷笑。

「絕對千真萬確。」她露出天真的笑容，「不過外面很冷，出門的話要多穿一點。妳先在這裡等我一下，我去房裡拿幾件厚外套過來。」

說完，她一溜煙就離開書房，彷彿讓我多等個一時半刻就很失禮一般，腳程飛快。

房裡又剩我一個人。

這時桌面上的手機震動起來，我低眼一看，是陌生的號碼。

想起前陣子換過手機，現在通訊錄應該是處於全空的狀態，於是我不疑有他地接了起來。

下一刻，電話裡傳來的聲音，瞬間令我腦袋空白。

「……同意……換……」僅只短短三個字，斷斷續續的音質，甚至無法判辨談話內容，我卻再肯定不過對方的身分——

他沒死。

孫景熙還活著！

他沒事嗎？人又在哪、同意了什麼事？

攢著通話結束的手機，心口強烈地顫動。

此時的我已經等不到童樺回來，手機一抓，連鑰匙也沒帶便奪門而出。

不會錯的，那說話時略帶的細微氣音，雖然斷斷續續，但我能肯定是孫景熙……不會錯的！

跑到街上，我攔了一台計程車，一上車就將身上僅存的大鈔交給司機，很快地就到達孫景熙的居所。

快速輸入密碼，我急迫的往房內闖，可是裡頭卻空無一人。

「哪裡！在哪裡……你到底在哪！」

我急哭了，東張西望，在坪數不大的房內徬徨徘徊，踉踉蹌蹌地退了幾步，甚至一個不小心打翻書桌上的水杯。

看著壓在杯下那張溼透的紙條，我的動作緩了下來。

一段時間沒人住了，為什麼會有水？

難道孫景熙他真的還……

上前揀起紙條，上頭記載的竟是我舊居的住址。雖然不是孫景熙的字跡，但這對我來說可以說是唯一的希望。

不再多想，我立刻回到以前住的地方。才出電梯，行經走廊時，便發現有一戶門口是大敞的。

我喘著，放慢腳步，瞥見房內牆面布滿大大小小的相片。其中有一張尺寸極大，幾乎佔滿整個版面，而上頭，是何念甄和孫景熙的合影。

我忍不住屏住氣息。何念甄住在這裡嗎？即使不是，這個地方再怎麼看，都與她有著絕對的關聯。既然孫景熙的真實身分不是教授，那麼他和何念甄也就沒有什麼密碼學研究，她八成也是組織的人。

如果說，孫景熙就在這裡……

「你一定要等我……」我低喃，緩緩挪動步伐，噤聲踏入房內。

環顧一圈，壁面除了有剛才看過的合影，甚至有一整面牆全是孫景熙的獨照，各式各樣的角度、神態，可說是應有盡有。視線往下是規格一致、且併攏成列的抽屜櫃，乍看之下就像診所裡擺放病歷表的櫥子，整齊劃一。

目光接著掃過牆角，一架構造怪異的模型吸引了我的注意力。我走向前，拾起散落地面的紙張，上頭畫有模型運作的示意圖，下方還條列著一行行繁複的公式。

翻到第二頁，模型上一條條的曲線被重製在一幅手繪的街景上，而那條街，正是我差點被花盆砸中的地方。

輕輕顫慄著，我翻到第三頁，一幕自己頭破血流的影像登時扎入我眼底。

我心頭一驚，下意識後退半步，不小心就碰到後頭懸掛壁面的物品。

回頭一看，成套的布偶裝被人從頸部高高吊起，那是曾和孫景熙一起出現過的兔偶裝！

「喜歡我的傑作嗎？簡小姐。」

何念甄的聲音驀然從我耳邊響起，我循聲瞥了過去，這才驚覺此時的她正親暱地貼在我耳旁。

我倒抽一口氣，用力推開她，「不要過來！」

這時何念甄笑了，笑得千嬌百媚。

「說些什麼呢，我們不是朋友嗎？對我露出這麼嚇人的表情，我可是會很受傷的。」

望著滿面笑容的她，我竟發不出半點聲音，只能任由她將手伸向我的臉，撩過我的髮絲，「如何？有沒有在這裡找到想找的東西，或是……朝思暮想的人。」

我一聽，忍不住上前揪住她領口。

「孫景熙呢？」

被我這樣捉緊衣領，何念甄非但沒翻臉，反而更加猖狂地大笑起來。

她不費吹灰之力掙開我的手，接著從櫃上拿來一隻錄音筆，在我眼前重現電話中孫景熙的聲音。

隨後她冷笑，「妳是指這個嗎？」

我一時之間愣在原地，腦中一片茫然。

「孫景熙他……不在這裡……」

何念甄滿意地大幅點了兩下頭，然後掐起我的臉，笑得妖冶。

「Telling you would be playing fair.（公平起見，我就告訴妳吧。）」

她繞到我身後，下巴放在我頸窩，而後輕聲。

「He's NOT DEAD.（他沒死。）」

說完，她突然將我雙手壓制在身後，我想抵抗，卻冷不防挨了一針，四肢動彈不得。

她將失去力量的我揹起，扛在背上，走出房間。

「我賭上一切才把他從刑場救出來，甚至一直到不久前，他都還昏迷不醒。」

出了電梯，她走向一台紅色汽車。

「為了他，我毒害組織的其他幹部、一夕之間為自己樹立無數的敵人。結果，妳知道他醒來所說的第一句話是什麼嗎？」

她拉開車門，用力將我扔入後座——「他說，簡書憶呢？」

她咬牙切齒，眼球被憤怒逼出幾道血絲，「他問我妳的下落！」

我想告訴她，即便她把所有的怨恨都傾倒在我身上，到頭來她仍然得不到孫景熙的在乎，但現在的我連點力氣也不剩，實在沒把握自己能否完整說完一段話。

眼前的何念甄就像某種邪靈，整個人鑽入後座，攀在我上方，「妳說我是不是該成全他的心願，讓你們相見？」

她細聲問著，從腳踏墊的位置拎出一只小型提箱，蓋子一掀，裡頭排滿了形形色色的針筒。

我知道她打算做些什麼，卻毫無抵抗之力，只能眼睜睜看著自己被扎入第二針。

「就這麼成全你們也行……」

疼痛與她的低語同時傳來，「我很快就要他親眼認清，像妳這種禍害根本就不該存在。」

耳聞她最後這句話，一陣頭昏腦脹之後，再次醒來已經身處異處。

「嘶……」全身痠痛。我勉強將身子從地面撐起，晃著腦袋想藉此篩出一些頭緒。

放眼一望，在這封閉的隔間裡，四處都擺有陳舊的木製書架，屋內四角結了紮紮實實的蜘蛛網，連地面上的塵土都厚得幾乎能作畫。

這個地方四下無人，連何念甄也不見人影，可就在我的正前方，卻有兩頭雙眼被扎入針筒、身上綁著炸藥的野獸，此時正齜牙咧嘴。

然而最引人注目的，卻也不是眼前隨時可能將自己生吞活剝的生物，而是位在層層架上，那些千變萬化的瓶瓶罐罐。

浸潤著、懸浮著，分門別類的——器官。

真正的驚嚇是會要人連叫都叫不出來的。

正當我思考著該如何抵達野獸後方的窗口，也就是唯一的出路時，「轟」的一聲，獸眼沒來由地突然燒了起來，蔓延到獸皮，受到刺激的猛獸一個勁就往我這裡衝。

「不要！」下意識地瑟縮，一時之間我根本反應不過來，卻反射性地喊出孫景熙的名字，「孫景熙……孫景熙！」

就在猛獸朝我攻擊時，繫在牠軀體上的炸藥引爆，轟得周圍一片血肉橫飛。火勢急速蔓延至周遭的木架，我想爬起來卻使不上力，瓶瓶罐罐開始倒塌、碎裂一地，來自不同物種的器官傳出火烤的氣味，砸向我四周。

「啊——」

我跪了下來，哭著大聲尖叫，眼淚完全止不住。

腐舊的木材在熊熊烈火的燃燒下瓦解，倒向我不過是幾秒間的事，剎那，我被人從腰部往後一帶，坍落的書架轉而擊中那人的手臂，他沒吭一聲，卻對我一叱。

「為什麼要讓自己陷入這種危險！」

烈火愈燒愈旺，我卻以為時空靜止了。

濃霧中，我聽著那久違的聲音，一陣酸楚直逼鼻腔。

「……孫景熙？」

望著厚厚煙塵裡的人影，我胸前一熱，眼淚撲簌簌地滾落臉頰。

看不見。我看不見他。

「你在哪？孫景熙你在哪！」我伸出雙手，像個盲人在火場裡胡亂摸索，「我看不到你、怎麼辦……怎麼辦？我找不到你！」

煙幕內的他被重物牽制住，屋內支柱接二連三地倒塌，一棍又一棍地砸向他身邊，有如穿針引線般交觸燃燒。

眼看他置身火海，我急得用手去撥開那些著火的燃燒物，忽然他的聲音傳來。

「住手。」

濃煙受到波動使我終於看清楚他的臉孔、他的輪廓，他的左手撫著右肩，頭部流著血，低淺而緩速地喘息著。

「不要管我了……妳快走。」

面對這個自己早已牽掛多時的男人，終於他再次開口對我說話，我聽著卻軟弱的哭了，可手裡仍然固執地想搬開壓住他右臂的木架。

一邊搖著頭，「我不走！孫景熙你休想再命令我！」

眼看火勢加劇，木架還是一動也不動，我的眼淚不停地飆出來，「搬不動……孫景熙我搬不動！怎麼辦？怎麼辦啊……嗚……快動啊……該死的為什麼搬不動！」

沉默半晌，孫景熙望著趨近崩潰的我，語氣放軟。

「書憶，妳冷靜點聽我說。」

他伸出左手捧著我的臉，深深、深深地望著我。

「來這裡之前我有請紹卓過來，他現在應該已經在出口附近，我們要爭取時間，妳趕快出去找他幫忙。好嗎？」

于紹卓……

沒錯，以他的背景，他一定有辦法。

「好、我立刻就去，你等我，我馬上回來！」我踩著獸的半身軀體，用力攀上窗子，果然，于紹卓已經在遠方的轉角處等著。

我拔腿狂奔過去，一見到他就拉著他，掉頭往回跑，可他卻站在原地不動了。

回頭一看，我不禁皺眉，「于紹卓？快啊！孫景熙還在等我們！」

話落，就見他意義不明地對我苦笑。

「上車吧，開車比較快。」

沒有任何的懷疑，我百分之百地相信他而上了車，但他車門一鎖，竟掉頭駛入另一個方向。

「不是這個方向，于紹卓。」我指向正確的方位，「孫景熙是在那一邊。」

于紹卓無動於衷，我開始感覺到不對勁。

「你……現在打算帶我去哪？」

碰上紅燈，他踩了剎車，注視我的眼神凝重。

「果然，我還是無法騙妳。」

他瞟了眼我身上被針扎出的孔，露出愁悶的表情，「如果我說，何念甄在組織裡就是善於製毒的人才，我想妳可以猜到，自己挨的這幾針已經開始毒害妳的身體，所以——」

「——所以騙我上車，就是想告訴我這些狗屁不通的毒有多厲害，然後帶我去接受治療？」

我搖著頭，簡直不敢相信曾經真心誠意向自己道歉的對象，如今會在這個節骨眼再度欺騙我。

「現在的我們沒有別的選擇。剛才妳在屋內也看到了，何念甄隨隨便便就能把兩頭野獸毒死，而且炸得粉身碎骨。就算妳不擔心自己會跟牠們有同樣的下場，我會擔心，表哥也會擔心。」

于紹卓口中所說的粉身碎骨，使我腦海裡跟著浮現雙眼扎針、頭部灼燒而後爆炸的兩頭猛獸。

讓人死前還得被火紋身的劇毒，是嗎？

我冷冷一嗤，沒要打退堂鼓的意思，「那又怎樣？」

他被我問得一愣，但仍想說服我，「妳問我怎樣……書憶，妳是不是還沒弄清楚事情的嚴重性，妳——」

「開門，我要下車。」

不管他打算說些什麼，我並沒打算聽。

如果我的命要靠犧牲他人來換取，我甘願就這麼毒發身亡。

見他還是沒有動作，我索性用蠻力去扯車門把手，于紹卓見狀趕忙拽住我的手腕。

「拜託妳冷靜一點！就算現在讓妳衝進去，也只是多一個人犧牲，妳救不了他的，他就是因為知道自己跑不掉，所以才騙妳出來——」

「——別說了！」

我用力甩開他的手，緊瞅著他，「就算我救不了他，就算是要冒著毒發的風險，我只知道他現在就在裡面，隨時可能被火燒死，光憑這點我就不可能丟下他一個人！現在不管發生什麼事，我都已經決定要和他同進同退，你聽清楚了沒有？」

迎上我堅定的目光，于紹卓默了一會，似乎或多或少領會了我的決心，才重新操起方向盤。

車子掉頭一轉，很快地又返回火場。

一下車，我沒等于紹卓就往濃煙裡衝，立刻就被嗆得咳嗽不止。

「咳、咳咳……」

我掩著口鼻，儘管室內高溫熱得令人難耐，我依然扯著嗓子，「孫景熙！孫景熙、你在哪裡！咳……」

烏煙瘴氣的空間裡，我赫然瞥見臥倒在地的孫景熙。二話不說，我奔上前，但下一秒，天花板上的梁柱坍下，後頭緊接著傳來于紹卓的聲音。

「小心！」

于紹卓為了救我一命，即時將我往懷裡拉，我卻親眼目睹梁柱將我和孫景熙隔開，轉眼燃起足以燎原的大火，我睜大眼，眼前的世界也彷彿被掐住而扭曲。

「孫景熙！」

「書憶，快點離開這裡！再不走，連妳也會有危險！」

情勢早已岌岌可危，于紹卓在一旁催促著，可我一點也聽不進去。

抓起地面殘木，我跪著，不顧早已被濃霧燻得刺痛的雙眼，仍努力想撬開眼前的障礙。

「書憶！快走啊！」于紹卓試圖將我拉開，但被我甩掉，「我不要！我是絕對不可能把孫景熙留在這邊的！」

現在的我已經毫無理智可言了，想陪他的心情、想親口告訴他我願意重新相信他的心情；即使要葬身火海，只要能再靠近他一點，哪怕機會渺茫我都要放手一搏。

濃煙四竄裡我跌跌撞撞、不斷咳嗽，早已管不了于紹卓究竟跟上來了沒有，整個人發狂似地找尋孫景熙的身影。

這時候，我聽見有人喊自己的名字。

「簡書憶……咳、咳……」

嗓子就像被刮傷一般的聲音，話語中還摻帶著咳嗽，我循聲一看，最後目光落在孫景熙身上。

他那鮮血斑駁、甚至右臂還被壓著的模樣簡直把我嚇壞了，我加緊腳步湊了上去，一心只想救他，可當我一碰到他那被火灼得熱燙的身軀時，那種彷彿直接接觸到他燃盡生命的感覺，又足以把我所有的信心碾碎。

「……還回來做什麼？」他問著，嗓聲缺乏底氣，表情卻蘊藏著由衷的不悅。

想起他原有什麼打算，我頓時氣惱，忍不住朝他一吼。

「你這個混帳！在這種緊要關頭竟然還騙我出去，你想一個人死在這裡對不對？」

攢起拳，我蹙緊了眉心，「騙子……自負又狂妄的大騙子！一個人逞什麼強，如果要用你的生命來換我的生路，我情願你乾脆不要來救我！」

孫景熙也就這麼靜靜捱罵，認識這麼久以來，他第一次像這樣連個字都沒有回嘴，我說著說著，望著他趨於死寂的神采，胸口好像被壓住一樣難受。

心頭一軟，我環起他的頸子，努力感受他的每一下心跳，「孫景熙你聽我說……這輩子我最遺憾的事，就是未曾好好珍惜與你相處的每一分、每一秒，但現在我的人生不要在遺憾中度過……所以別趕我走、我不要自己一個人獲救，我之所以會回來是因為我喜——」

孫景熙沒聽我把話說完，陡然間，一股力道將我往前拉，他就這麼吻住我的下唇。

雙眸一睜，我的心臟怦怦大跳，耳邊聽見他具深意地喚了我的名字。

「書憶……已經夠了……」

時間的齒輪彷彿停止轉動，我的腦中不住地浮現過去放縱不羈的他、面對公事專心一意的他，接著是那幾個日頭冷酷而不可一世的他，一幕幕過往看似近在眼前卻又觸不可及，對他所有的不諒解全在此刻被懷念的感覺所傾覆，我鼻間一酸，眼眶熱出一層霧。

……夠了？

「不夠……這樣的結局哪裡夠了？」含著淚，我不服氣地辯解著，「你不是號稱在學校裡叱咤風雲、無所不能的孫教授嗎？現在只不過是受困就想放棄，有本事就讓我帶你離開這裡，再好好地向我道謝啊！」

我緊緊瞅著他，渴望他還能有與我爭辯的體力，可孫景熙面對我任性的說詞，卻是一點被激怒的跡象也沒有，僅僅是無奈地失笑，撫額。

「離開我的世界吧……妳不屬於這裡。」

他回以忠告，連音色都啞了，我聽著不禁低下頭，眼淚落地。

「你這男人……還真是個不折不扣的王八蛋。」

揮去淚水，我固執地瞥向他，「你要是以為你說什麼我都會照做，那你就大錯特錯了！告訴你，我現在就把你送去給那些覬覦你很久的餓女，怎樣！不想被吃乾抹淨就起來抵抗啊！」

我越說越沒分寸，但他卻沒有半點不滿，反而笑得更開心了。我只能愣愣地看著他笑得如受寵的孩子般幸福洋溢，任由他將我帶入懷裡，偎在他頸窩。

「書憶……」

他的聲音，模模糊糊，卻醞釀著前所未有的依戀、低聲下氣。我的千言萬語再也出不了口，只聽得他說：「……我想妳……」這才知道自己也能哭得像孩子，那般無助。

腦中唯一的念頭，就只想用雙手將他緊緊抓牢，再也不放開，然而孫景熙卻率先鬆開他的手，將我慢慢扶正。

他將視線延伸至我身後，我也下意識跟著回頭一望，瞥見于紹卓的瞬間忽然頸部一陣疼痛，接著畫面逐漸模糊，耳邊傳來最後的聲響——

「她就交給你了。」

第八章
和疼痛並行

黑冥之中，我在濃稠的深淵裡浮浮沉沉，意識一點一點地組織起來，卻無法憑著自身的意志讓四肢動作，就連眼睛也睜不開。

這是哪裡？繃起全身肌肉，我費勁地想讓全身機能運作起來，但依舊徒勞無功。

「我們究竟為什麼會變成朋友呢？」

……我的聲音？

這不是我去年問過孫景熙的問題嗎？

「兩個人要成為朋友不見得要個性相投，如果倆人當中有其中一個人，不顧一切走向另外一個人，就算是來自不同世界的人也能當朋友。」

孫景熙也在說話？他也在嗎？

「難得你講得這麼深奧，倒是跟我解釋一下什麼意思啊。」

「意思就是，我們之中有一個人，有意地去接近另外一個人。」

伴隨著對話進行，眼前兩抹身影浮現，一個是正坐在床邊的我，另一個則是躺臥在床上的孫景熙。

沒錯，這些對話的確是去年發生的事。

「這種事怎麼可能啊！我百分之百對你這種情場浪子敬而遠之的，而且大受歡迎的你，更沒理由對我這種邊緣人物感興趣吧。也就是說照常理來講，我們根本是八竿子打不著的兩個人。」

孫景熙坐起身，被子讓他這麼一扯，一下子換成坐在床邊的我被撂倒在床上。

「你這豬頭……就不能小心一點嗎？」

我看見自己揉著後腦勺，忿忿地掃了孫景熙一眼，「該不會你老早就想把我摔成智障了吧？」

而後孫景熙笑了，他以大手撩開我的瀏海，順勢將我的頭抬到他腿上，我竟對那樣的姿勢感到臉紅。

「妳放心，到時候我再委屈點娶妳進門，至少還能讓妳無憂無慮的度過智障的一生。」

「拜託！委屈的人是我好嗎！而且我才不想跟你一起度過什麼智障的一生。」

當時的我雖然這麼說，但只有我知道，自己心裡其實有份難以掩飾的雀躍感悄悄孳生著。

場景一轉，來到孫景熙與我撕破臉的那一天，我對他的信賴被狠狠擊碎，我們之間的關係也澈底決裂。孫景熙沒有一絲猶豫地奪走我的自由、無所不用其極地用言語對我釋放惡意，卻在背地裡為我鋪好逃脫的路，而我一直到最後才驚覺他所做的一切，全是為了要讓我活下去的手段。

「書憶，我承諾過會結束妳的惡夢。記得嗎？」

孫景熙當時對我袒露的真意，無聲無息地化作一支利箭，貫穿我的聽覺，晃眼間我似乎什麼都聽不見了，整個人好像要跌入萬丈谷底般，沒有止盡的急速下墜。

我一時慌了，用力想喊出些什麼，彷彿能藉此對外證明自己的存在似的，卻發現即使我用近乎咆哮的力道吼叫，四周還是靜得連點微弱的響聲也沒有。

在這個空間裡，沒人會注意到自己的存在、沒人會聽見自己的呼喊，更沒人在乎誰在這片黑裡被吞噬殆盡。

我漸漸冷靜下來，不再掙扎，然而手腕卻在這時被人拽住，我的墜落、偕同著時空，同時進入某種未知的休眠狀態。

潮濕的液體沿著對方的手流淌至我的手臂，我很快的就意識到自己正被源源不絕的鮮血染紅，當我抬頭望向那張被陰影籠罩的臉孔時，我看見的竟是血流不止的孫景熙。

他與我四目交接，用一種喑啞的聲音對我吐出兩個字：「……快走！」

話才剛說完，處刑人從他身後出現，猝然就捅了孫景熙一刀。他的血飛濺到我身上，握住我的手也隨之鬆開，可我卻沒有因此而下墜，失去支撐的我懸浮在空中，別無選擇只能望著處刑人對孫景熙發狂的亂刀劈砍，那是我從未見過的血肉模糊。

頓時，一股強烈的情感一湧而上，我痛苦地抱著頭，陷入歇斯底里的尖叫——我醒了過來。

「怎麼了，妳哪裡不舒服嗎？要不要請醫生過來？」

說話的人，不是孫景熙。

我睇著于紹卓擔憂的神情，輕輕搖了頭，「只是惡夢。」

仰頭環顧一圈，我推測這裡是類似病房的地方。

「這個地方很安全，我是送妳來治療的。何念甄對妳下毒的事已經完全處理好了，妳現在身體感覺怎麼樣？」大抵是看出我眼裡的疑惑，于紹卓主動向我解釋。

這時我才注意到站在一旁的童樺，關注于紹卓時落寞的眼神。

「我沒事了。」我說，「于紹卓，你先送童樺回去吧。」

聞言，于紹卓先是回頭看了童樺一眼，隨即又將注意力放回我身上，「我們先走是沒關係，但妳一個人真的沒問題嗎？」

他再三確認，一臉就是不相信我一個人會沒事的表情，童樺一注意到他面有難色的樣子，便也主動跨步上前對我解釋。

「不用了啦，我可以自己回去。還是讓Sean留下來照顧妳，這樣他比較放心，而且宅內的人都沒人指揮，萬一有什麼突發狀況就麻煩了，不是嗎？」

說了一番雍容大度的話之後，她對我微笑，也對于紹卓微笑，本來以為于紹卓會開口留她，沒想到最後他就這樣讓童樺隻身離開，房內留下我和于紹卓倆人。

什麼用意？于紹卓坐了下來，一副就是有口難言的模樣，若不是之前見過他致歉時那誠懇又歉疚的姿態，我想我會誤以為他現在的狀態，就是一般人歉忱之下的吞吞吐吐。

可這並不是他想道歉時的模樣。

于紹卓所表現出的種種反應，都再再加強了我心中的預感——事情，和孫景熙有關。

他明明什麼都還沒有講，我卻有種快哭了的感覺。滿腦子只想著孫景熙的安危，卻又沒有勇氣問出口，就怕會聽到自己無力承擔的答案。

「看妳的表情好像猜到我想說什麼了啊……」于紹卓搔著頭，勉勉強強牽起一絲笑，試圖緩和氣氛。

我暗暗揪起被單，盡可能淡然，「老實說，我現在什麼都不想聽。你應該陪童樺一起回去的，她比我更需要你陪。」

沒錯，當她看見于紹卓關心我時，那種嚮往的眼神，還有，她對于紹卓的一舉手、一投足，那種無

比細心的觀察，都不會只是對一般朋友的在乎。

「童樺？」他不解地皺眉，「雖然妳們兩個都是女孩子，但是怎麼看都是妳比較讓人擔心吧。」

我看起來讓人擔心？受騙至今，我已經搞不清楚那些看似單純的情義，是否又別有居心。

灑脫一笑，我別開眼。

「你擔心的是我，還是我背後隱藏的那些後續問題？」

對於于紹卓的答案，我不抱有任何期待，他卻是幾乎沒有思考就回答。

「是妳。」他說得認真，「妳想知道答案，所以我告訴妳，我擔心的是妳。」

我從窗上的倒影看見他站起身，輕輕抽入一口氣。

「我是真心把妳當朋友，所以對妳的關心也絕對是真心的，我擔心妳受到組織的迫害，更擔心今後妳該如何適應沒有表哥的生活。」

說了這麼多，我的腦袋只停在最後的一句話，再也無法運作。

——沒有孫景熙的生活。

我怔愣住。

「很遺憾，我……沒能救回表哥。」

于紹卓面色凝重，我低下頭，不發一語。

眼淚開始不停的掉落，儘管我用雙手一遍又一遍的抹拭雙眼，下一秒視線又會再度糊成一片。

不要……不許哭、眼淚快停下來！不要再哭了簡書憶……

我緊掩著口，不讓自己哭出聲來。

好不容易，我將眼淚蓄在眼眶，甫一抬頭，卻霎時被一雙手抱個滿懷。

「難過就大哭一場啊，真是傻瓜……如果在表哥以外的人面前哭會讓妳沒有安全感，那就把我當作他也無妨。」

我可以聽見于紹卓的心跳聲，悶在胸口，打著穩健而紮實的節拍。他說話時聲帶的震動，即使隔著他的白色薄襯衫，也足以觸動我內心最深處的脆弱。

我知道他不是孫景熙，卻在他懷裡哭得眼皮又燙又腫，好像真有那麼幾秒，我以為自己可以把他當作孫景熙，就這麼卸下所有防備，在虛幻的假想裡留戀。

最後，我沒有問他為什麼抱我，也許是出於憐憫，又或是因歉疚而生的安慰，就這麼幾個片刻，讓我丟棄理智、放下牽掛，在失去他的世界裡，枯萎。

西元二〇一八年，夏。

日正當中。

到了六月的溽暑，孫景熙去世已經是一年半前的事，而我三不五時仍會舊地重返，坐在我們倆曾經無話不聊的客廳裡，那張深藍色的雙人沙發上，左邊是他，右邊是我。

桌上一如既往是兩個馬克杯，我習慣在他喝著玫瑰花茶時，坐在他身旁，獨享一杯香醇又濃郁的熱

牛奶；而他習慣在我分享生活瑣事時，一邊高尚地品嚐那杯適溫的花茶，一邊揀選桌上那疊我始終拿不定主意該看哪部的DVD。

時間過得太快，倏忽之間他不復坐在我身邊，一個人去往我追不到的遠方，我只能留在原地，自己沖一杯他所鍾情的玫瑰花茶，藉由香氣來想像他的存在。

有些人說走就走，有些習慣卻不是說戒就戒的。

這一年多來，我和叔叔澈底斷了聯繫，在于紹卓的照應下，我成了他家企業旗下的電台主播。至於組織那邊，似乎是當初的買主因為不明原因，放棄對Vampire的收購，組織也就不再有所行動。

事情脫離正軌太久，如今恢復風平浪靜的日子，反而令人有些不慣。

而我縱使不再受到組織的脅迫，也並未搬回舊居的租所，而是在公司附近找了間公寓，學著開始經營新生活。

事過境遷，就算是為了數個月以來，對我堪稱是忍氣吞聲的于紹卓，我不能繼續止步不前。

拎下鞋櫃內的高跟鞋，我回頭對公司裡的同事揮別。

「我先下班囉，大家辛苦了。」說完，我將寫有DAWN的工作牌取下，他們也對我微笑點頭。

「好，再見。」

「辛苦了。」

我執起桌上的蜂蜜水，包包往肩上一提，走出辦公室。

雖然是國內知名的鐘錶企業，但這裡的同事倒不會有太過激進的競爭心，面對飽受于紹卓這個集團少爺的照顧、貌似靠關係才進來的我，大家都是抱持客氣的態度，至今沒遇過找我麻煩的人。

跨出公司大門，遠遠地就看見于紹卓在那間新開幕的法國餐廳前對我揮手。

我瞟了眼手錶，踱上前。

「你又沒課了？」我問。

「這話說得不怎麼動聽，我可是特地來陪妳吃飯的，妳好歹也該笑一個吧。」

他一臉哀怨，我只投以衛生眼，「誇張了，這種高級餐廳要不是有你這個富家少爺邀請，我一個人是八成吃不起的。」

「八成吃不起，那我可以幫忙跟老闆商量，看能不能只吃三成。」

他狠狠開我玩笑，我覺得玩笑開得太冷，忍不住用包包輕砸他一下。

「不好笑！」

他矯捷一閃，嘿嘿笑的樣子讓人完全無法想像，他就是知名錶業的富家公子哥。

我知道他其實只是想尋我開心，他一直是這樣一個濫好人，總是默默觀察我有什麼需要、總在恰如其分的時機送上他的關心，卻又在見面時一副若無其事的樣子。

在我的房間裡有那麼一個角落，貯放了他在我房門前曾留下的種種儲物盒，裝置其中的像是供我獨自排解空虛的動作片、能夠紓緩經痛的黑巧克力，甚至是圖書館裡我想看卻始終預約不到的書籍，還有前陣子在我工作上幫了大忙的喉糖……

我從沒見過心思這麼細膩的濫好人。

靠近窗邊的位置，我喝了一口氣泡水，看著正在和服務生說話的于紹卓。

「怎麼了？」

服務生走後，他留意到我的目光，同時也喝了一口水。

「以後你結婚生子時，我要送你家孩子一套叢書。說吧，你要《古文觀止》還是《世界偉人傳記》？」

他當場嗆到。

「結、結婚生子？」

「……你要未婚生子也行。」我汗顏，遞上面紙。

他則是一臉哭笑不得。

「書憶，其實問題不在這……」

問題不在這？

「那就是，你還不打算對童樺表態嗎？」我索性直接切入問題核心。

于紹卓頓時垂頭喪氣，彷彿我是個有理說不清的人一般。

「饒了我吧，我還真不知道自己有什麼好對她表態的。」

看他這個反應，恐怕是我誤會他們兩個的關係了。我一直認為他們是兩情相悅，只差旁人推一把，但照現在的情況看來，恐怕是童樺單戀于紹卓。

如果是這樣的話，童樺的處境可能不太妙。畢竟于紹卓身邊，一直都有為數不少的女性朋友圍繞著，他也向來是個好好先生，待人和善、運動神經又發達，應該是不少女孩子心目中的頭號暖男。

印象中，上回公司聚餐時，也有頗多女職員私下以小鮮肉之稱在談論他，就連平時茶餘飯後的閒談也時常和他脫不了關聯。

他大概不知道自己被姐姐們看上了吧？想到這，我抬眼朝他一瞥，本來想再觀察他一下，卻被逮個正著。

「不好吃是嗎？看妳面有難色。」

我低頭一看，這才發現主餐幾乎沒動到。

「呃、也不是不好吃……就是這杯具、你的看起來好像小了兩吋。」

我被問得一時有點尷尬，支吾其詞的，于紹卓見我指著明顯一模一樣的骨瓷睜眼說瞎話，便隨口開了個玩笑。

「會不會是人比較高大的關係，才顯得杯子小了？因為一直把我當弟弟看，所以不知道我已經發育齊全了吧。」

他露出荒謬的輕笑，找不到臺階下的我不禁脹紅臉，澈澈底底被自己方才的胡扯給打敗。

簡書憶，妳竟然也會想別人的事想到出這種糗？短短一年多，物換星移，就連自己也變了。

又或者說，正因為對象是他們，這些日子陪自己走過最煎熬的低潮、無條件包容自己的任性，對我來說，已經沒有什麼比他們更值得去珍惜的了。

孫景熙，你的表弟還真是個天使。我知道如果我再不將你放下，就真的太辜負他在我身上所犧牲的時間了。可是，隨著時日的增長，我對你的思念就像我想你的習慣，更是逐日根深而蒂固。

這些看似圓滿的現況，是我心頭一處破碎的缺口，藏在這圓滿表象底下的，是我一片蠻荒的心靈。

即使荒漠中找到綠洲，沙漠也無法變成樂土。

這世上，絕大多數的事情都不會圓滿，更別說要寄望奇蹟般的幸福。

再怎麼樣，也不要癡人說夢。

結束這奢侈的一餐後，于紹卓送我回公寓便先行離開，正當我準備進門時，身後又傳來他的聲音。

「書憶，妳等一下。」

我本來正在拿鑰匙，聽到他喊我，就下意識回頭，發現他站在對街，小跑步過來。

「怎麼了嗎？又跑回來。」我上下掃視了一下，有些疑惑。

于紹卓就只是瞻視著我，雖然好像有聽見我在問話，但又貌似在想些什麼。

我盯著他，等待著下文，就見他潤了潤唇，笑。

「被妳用這種表情看著，我突然不太知道怎麼開口。」

我一愣，「什麼啊？」

「沒什麼，就是要告訴妳一件事。」

說著，他緩緩抬眼。

「我可不可以，喜歡妳？」

我望著他頰邊淺淺的酒窩，愣住。

在被于紹卓告白以後，我還是會在我家門口收到于紹卓送的盒子，裡頭同樣裝載著一些無微不至的關心。

像是幾天前，我在關門時不小心夾傷自己的手指，隔天一早就在門外看見他留下的創可貼。我不清楚他是怎麼知道我受傷的，也從未詢問過他為何用這種方式來關心我，但事實就是不管我有沒有被感動，站在我的立場，結論就只會有一個。

于紹卓和童樺在我最悲慘時拉我一把，兩個都是我生命中的貴人，然而，童樺喜歡于紹卓，偏偏于紹卓喜歡的人，是我。

先別說于紹卓是不是來真的，現在我就連自己有沒有那種心情談戀愛，我都沒把握了。

從門外拾起他為我找來的那本我想要很久的書，將一貫附加的牛皮紙條一併安置到桌面上，接著我重新執起公司的文件，走回床緣。

將身體呈大字形倒向床上，我毫無氣質地滾了幾圈，棉被裹至我頂上三公分，恰好遮住日光燈的光線，手裡閱讀到一半的文件也因此而皺成一團。

簡直是作繭自縛。

大嘆口氣，我開始唉聲嘆氣。「明天要開會……」

近期公司要上市一組陶瓷錶，概念就和星座錶有異曲同工之妙，只不過是以血型為發想，設計出一種「會流血的錶」。

身為內部員工的我當然很清楚，流血不過是種宣傳的噱頭，只要運用到科學，多半能夠把人唬得一愣一愣的。

但是對我來說最值得在意的，並非明天那場會議能讓我對這支錶有多少了解，而是于紹卓將會出席那場會議——不論是以實習生的身分、還是集團少爺的身分。

我差點要忘了自己在他家的公司上班。

也不知道于紹卓有沒有把那天的事告訴童樺，如果她發現了又會怎麼想？比起妒嫉，我想更多的會是心碎，可儘管如此，我知道她會支持于紹卓。

這兩個人，其實都是典型的濫好人，再也沒有誰比他們更適合彼此的了，卻唯獨感情這種事情，遠遠不是適合與不適合可以衡量的。

想得多了，累了，雙眼閉上，腦海裡浮現曾經沒有朋友、卻活得逍遙自在的自己。比起現在漸漸拓展了人際關係，當時身邊誰也沒有，就只有那個狗嘴裡吐不出象牙的男人。

孫景熙……到頭來，我還是想你。

清晨，人還沒清醒，一個噴嚏就先打了出來。

我抽了張衛生紙，坐在床上頭昏腦脹的。

不會感冒了吧……

手背撐額，我甩了甩腦袋，從惺忪中篩出一些意識。

對了，今天一早就要開會，會議結束後除了有個報社的訪談，還得進錄音室。

看樣子，今天又會是雷厲風行的一天。

走進會議室，我一路低著頭，盡可能降低自己的存在感，不巧，迎頭就撞上一堵寬闊的胸膛。

「唔……痛。」

一抬頭，迎見傳聞中的鐵血主管，我頓時僵住。

「走路時請抬頭挺胸，這樣冒冒失失的成何體統！」

他雙手置後，威風凜凜的，依我看這胸脯估計有B罩杯。

我點點頭，想盡速就坐，就怕他的大嗓門會引人耳目。

結果椅子還沒坐熱，我最不希望招來的注意力，還是準時來報到了。

「早安，鄭總監！這個給你，排隊排很久才買到的高級咖啡喔。」

回頭一看，果然是于紹卓正將手中的馬克杯遞向魁梧的鄭總監。

「你這臭小子，這杯分明是剛剛才去咖啡機沖來的吧。」

對方接過咖啡，作勢要搥他個兩下，于紹卓還是一臉賴皮。

「怎麼這麼說，這裡面有我滿滿的愛心，不信你喝喝看，保證有甜味。」

「你小子淨會這些胡扯……好了好了，快點準備開會了！」

我靜靜觀望著，只覺得越看越像。

那與人互動的如魚得水，替我擺平麻煩的機智過人——

這傢伙，越看越像孫景熙。

旁邊的座椅被拉開，如日曬過的爽朗氣味隨之落定下來。一直到會議結束，我沒跟他說話、他也沒找我攀談，那些我擔心在見面時會發生的尷尬場面，一件也沒發生。

是我杞人憂天，還是他頂住了塌下的天？

回辦公室將資料備齊，我動身前往會客室接受訪談。

等待工作人員入場的時間，我先行坐到沙發上，靠著椅背，閉目養神。

叩、叩。

在我幾乎快睡著時聽見敲門聲，於是我含糊應道：「請進。」雙眼還是閉著的。

對方開了門，沒發出太大的聲響，就連腳步聲也沒有，我不禁懷疑這個人是不是開了門後，便站在門口一動也不動。

「趁報社的人還沒來，可以耽誤一下嗎？」

那人說話，我不禁詫異地睜開眼，才察覺站在門口的人是于紹卓。

繼會議全程被當空氣之後，我左顧右盼，確定四下無人，才能肯定他是在跟自己說話。

「我？」我再次確認。

于紹卓苦笑，走了進來，「不然在這個地方，還有第二個人存在嗎？」

我低頭想了想，「也是。」

「先說，那天說的事妳不需要有壓力，只是那時候發現，妳好像對我和童樺的關係有什麼誤會，才會覺得有讓妳知道真相的必要性。」

他落坐，就在我右邊的位置。

「于紹卓，我……」

「我知道的，妳還對表哥念念不忘。」

我打住，望著他，有些驚詫。

「坦白說我很佩服他啊。」他側眼看我，對我一笑，「我不像表哥那樣成熟，喜歡一個人可以忍住不說這麼久，你看我從喜歡妳到現在不到一年，才被妳稍微誤會一下就忍不住全招了。」

我完全不曉得該如何回應他的坦白，只好說些安慰的話。

「那是因為你年紀比較輕一點。」

「妳啊，這種安慰完全不會讓人比較開心。」

被他這麼一回，我登時又無話可說。

「不過，雖然沒辦法做到表哥那種程度，至少我還能辨得到等待，等到有一天妳也許會想回頭看看，我這個在妳眼裡可能還乳臭未乾的小鬼。」

我想問他打算讓童樺怎麼辦，但始終問不出口，待于紹卓已經很誠懇地蹲在我面前，並在我手裡放上幾天前、我在家門口也收過的創可貼，外頭已經傳來嘈雜的談話聲。

為免誤會，我趕緊起身，不料于紹卓也幾乎同時動身，我們兩個一下子碰撞在一起，于紹卓見我重心不穩，又匆匆將我撈了回去。

「不、不會吧！你們兩個？」

聽到驚呼聲的瞬間，我們倆都立刻彈開，但還是逃不了被公司接待誤會的命運。

「真的假的？原來書憶妳對紹卓……」

身為播送能力遠比公司的廣播部門還要強大的她繼續說，但被于紹卓打斷。

「假的。」

「咦？」

「我說假的。」于紹卓覆誦，「是我主動的，不是她。」

「咦！」這下她的反應更大了。

我在一旁目瞪口呆，就連要來採訪的報社人員也錯愕了一下，才想到要拿起相機狂拍。

好好一個訪談，搞得比記者會要來的鬧騰，什麼會流血的新錶，再如何新奇也敵不過集團少爺的區區一個八卦。

而我，即將成為風暴中心的主角。

知名錶業DAWN集團少爺曝光，竟驚傳姐弟戀！

DAWN錶業繼承人公開認愛，主播麻雀變鳳凰！

暴殄天物！DAWN集團公子告白年長女員工！

「即將上市血型陶瓷錶的DAWN集團，其繼承人於近日公開表白公司女主播，經證實，該名女主播並非經正式管道進入公司就職，外界流言不斷，疑攀關係而獲主播一職，網友哭喊沒天理……」

關掉電視機，我麻木地咬了一口三明治，這類聳動的標題、妖言惑眾的內容，從今天清晨的第一份報紙開始，我就已經反覆看到五感麻痺了。

炎炎夏日，我用圍巾外加口罩將整張臉裹得嚴實，目的就是不讓任何人認出我來，可以的話最好連同事也不要認得我。但顯然，那是不可能的事。

「書憶？天氣熱成這樣，妳怎麼包成這副德性？」

才跨入辦公室第一步，就被眼尖的同事識破手腳，我渾身一僵，尷尬地摘下口罩。

「我……就、以防冷氣太冷。」越說越心虛，我完全沒勇氣直視對方狐疑的眼神。

「哎呀，新聞報這麼大，全世界不知道的大概就只剩妳了吧。」

「新聞？什麼新聞？」

「就是這個！」一名熱心的同事抓來一份報紙，充當證物，一群人就在我這個當事人面前聊成一團。其中一名同事湊了過來，隻手就搭住我的肩，我閃也閃不掉。

「書憶妳太過分了！居然想一個人霸占紹卓少爺，也不先知會一聲。妳知道我因為打擊太大，一口氣吃了三個便當嗎？」

我忍住嘴角的抽動，努力平復自己近距離看見一個鬍渣沒刮乾淨的大男人，露出泫然欲泣的模樣時，內心湧升的那種強烈不協調感。

到底為什麼我的人生老要因為身邊的人氣王，而遭受這樣的災難？

「造反了是不是！上班時間不是用來聊八卦的，都給我回去坐好！」

鬧哄哄的辦公室，因為鐵血主管的一句話，頓時變得鴉雀無聲。

我還是第一次被人這樣兇完，卻反而發自內心地想感激對方。

得救了。

午休，我出錄音室，走到公司的自動販賣機前，打算隨便吃個泡麵果腹。現在這種非常時期我想還是儘量避避風頭，非必要就別踏出外面的世界了吧。

味噌泡麵才剛到手，一回頭，就碰上預料之外的訪客。

「嗨，最近、如何？」是童樺。

想想也對，我和于紹卓的事被報成這樣，要是她沒看到才奇怪。

「嗯……發生一些難以掌握的事，體會到一種跳入黃河洗不清的感覺。大概，是這樣。」

我們找了一個沒人的地方，坐了下來。明明我跟于紹卓不是外界傳的那種關係，童樺也不是來興師問罪的，但是總感覺，我們之間有種說不出的尷尬。

「最近傳得沸沸揚揚，關於妳和Sean。」童樺率先開口了，而且是開門見山地說。

我沒應允也沒否認。

「我……一直對Sean抱有特殊的感情，超越友情，但我始終不敢說是愛情。」

「我跟于紹卓不是外傳的那種關係，事情有點複雜，但我們只是朋友。」

「是Sean喜歡妳吧？」她淡笑，側臉特別溫柔，「我早就看出來了，一開始他對妳只是純粹的友愛，也不知道從哪個明確的時間點開始的，那種友愛昇華成疼愛，我比Sean他自己還要早知道他喜歡妳。」

在如此了解于紹卓的她面前，再怎麼解釋都是自圓其說，我不是想為自己開脫，更沒有興趣為他們作媒。

我只是很單純的，不想恩將仇報。

「為什麼妳要這麼慈悲？因為一則加油添醋的報導，我莫名其妙被一堆不相干的人看作假想敵，所有人都覺得我奪走他們的夢想。而妳明明才是對于紹卓用情最深的人，卻表現得像個舉世皆濁我獨清的聖人，沒個人有合理的反應。」

「這世上本來就沒有太多合情合理的事，妳口中的那個聖人，其實是很卑鄙的。」

童樺笑得心酸，眺往遠方時無意流露的天真，狠狠扎痛我的視網膜。

後來她是什麼時候離開，我又是什麼時候回到錄音室的，我也記不得了。

我的腦袋，在她說出最後一句話時，進入累世的空白。

——「請妳，跟Sean在一起。」

「聽說這款新錶每到夜晚，錶面的刻度就會像被針扎破的指尖，冒出紅色液體、朝中心匯聚成一面類似微血管的藝術字體，依照血型分成四款。」

「紅色液體！該不會是血吧？」

「誰知道，不然妳去買一支我們敲開來看看。」

「哈哈！妳這個瘋子，我才不要！」

新品上市的當週，喧鬧的街頭充斥著如斯的對話，血型陶瓷錶繼緋聞後掀起一股熱潮，在各大百貨專櫃及旗艦店熱賣到缺貨。

公司將部分的成就歸功於我，理論上本來是該和我的播音有關，但事實上，我卻是因為和于紹卓為公司炒出的新聞，而受到嘉獎。

在這種前提之下獲得公司的贈錶，說真的我只有無奈。

呆望著廣告看板上那眾人搶破頭的陶瓷錶，這樣的夢幻商品竟成了我的所有物，而我卻打從心底只感到空虛與無力。

沉重吁出口氣，進到公司，我踱向辦公室，才一到座位，眼前的畫面再次令我心灰意冷。

包包往辦公椅一放，我撩起垂落的長髮。

好了，現在我該怎麼收拾才剛來上班，就像颱風過境的桌面？

「怎麼回事啊？辦公室遭小偷嗎？」

在我之後，那個鬍渣永遠刮不乾淨的男同事也來了，正好就直擊我那如遭打劫的座位。

看看其他人的位置，再看看自己的，總不可能小偷只針對一個人吧？

我一嗤，「顯然不是所有人都只靠多吃兩個便當，就能排解失戀的怨氣的。」

「啊？」本來他搞不清楚狀況，後來突然開竅。

「不、不會吧……就算妳跟紹卓少爺勾搭上，也不可以用這種低劣的手段對付人啊！真是太下流了！」

本來正默默收拾殘局的我，扭頭瞪他一眼。

他立刻住口，在嘴前做出拉拉鍊的動作。

明明早就已經澄清多次，我跟于紹卓的事情是誤會！怎麼就是有人聽不懂人話？

越想越氣，我連桌面都懶得整理了，包包一拎就走出辦公室。

「喂！下午要記得回來錄音耶！」

那個豬渣同事一說完這句話，我手上的資料夾已經飛到他臉上。

咖啡廳內，我獨佔一處雙人座，點了滿桌的甜點，企圖以高糖食物來調節我不穩的情緒。曾經我在書上讀過，攝取高糖和高澱粉食物能使人愉悅，因為當這類食物吃進體內，胰島素會快速增加，使得酪氨酸與苯丙氨酸在血中濃度降低，色氨酸因此在競爭上處於優勢，很快進入細胞中，轉換成真正能改善人心情的血清素，最後再進入腦中作用一番，造就幸福快樂的結局。

執起叉子，我將提拉米蘇大卸八塊，接二連三往嘴裡送，絲毫不顧旁人的異樣眼光，就怕一個間斷，快樂也會跟著失效。

在這之後是波士頓奶油派、黑森林蛋糕，還有紅豆鮮奶酪……

我無聲品嚐著一份份美味絕倫的甜品，憶想著孫景熙曾煮的那碗熱紅豆湯，渲染了整個空間的香氣，瀰漫、瀰漫、瀰漫……

他還在身邊的錯覺，與現實成了最淒涼的反差。

我其實再也嚥不下任何一口，我甚至懷疑食道、鼻腔都灌滿了酸，才會明明是大快朵頤，卻酸得我一邊哭泣、一邊與理智拉力。

孫景熙，你究竟去哪了？

在我們相識的兩千一百零八天裡，高不可攀的你，和凡胎俗骨的我，說不清是冤家還是朋友。但無論發生什麼事，好的壞的你未曾不與我並行，我在不知不覺間太過依賴你的存在，等我驀然察覺，致命的習慣早已一發不可收拾。

過去，有你陪我，我可以恣意地掃興、坦率地做自己，只要有你在，這個世界裡我已經不需要第二個人懂我。現在你不在了，只剩我一個人，寂寞一時之間變得好遼闊、好漫長，我把自己困在過去，一直……一直活在有你的回憶裡。

你曾說過要我改掉壞習慣，我總算聽懂那時的話中有話，因為你打從一開始就知道，自己總有那麼一天要離開我。可是你不知道我有多不想，儘管你為我找來包容力十足的于紹卓，我不想戒除身邊僅存和你相關的一切，我不要失去和你最後的那麼點聯繫。

能不能就讓我奢求幾個片刻的奇蹟，回來陪我說說話、讓我溫習你的聲音，好好地坐下來吃頓飯、讓我記下你最後的模樣，讓我好好地，向你道別。

孫景熙，我想你，我到極限了你知道嗎？

放下刀叉，眉心一擰，我哭得不知所措，手邊急於翻找包包裡的面紙，卻冒然掉出皮夾裡我們的舊照。

一瞬間我所有動作都停了下來，整個人像被捲入回憶的漩渦，蓄積眼眶的那抹熱，頓時氾濫成災。

「欸欸！妳看隔壁桌，她不是和流血錶少東傳緋聞的那個人嗎？」

「哪裡啊？喔我看到了，好像真的是她耶。她在哭？」

「不知道，搞不好是因為被甩了，才來這裡暴飲暴食。畢竟她雖然保養得不錯，但跟那個小鮮肉擺

在一起，還是不太般配啊。」

「喂！小聲一點啦！等一下被聽到……」

週遭議論的聲音，打量的眼光，甚至是店員的側目，從我一進來就沒間斷過。我向來不是那種會輕易為這種事受傷的人，但這次就不曉得為什麼，聽著心裡特別不是滋味。

吸吸鼻子，我低頭試圖平復情緒，東西收完我只想盡速離開這個是非之地。突然輿論的聲音轉為驚喜的呼聲，抬頭一看發現于紹卓就在隔壁桌，壓低身段在甫才那兩位女顧客中間。

「這樣聽起來，妳們好像對我很了解？」

于紹卓一張笑得陽光的臉就在一旁，對方紅著臉大叫。

「媽呀！是于紹卓！」

另一個則是拿出手機，直呼：「快拍照！我要打卡！」

被她們這樣大聲嚷嚷，店內越來越多人注意到于紹卓的存在，可他也沒管這麼多，一出手就把我拉著走。

「于紹卓？」我在後頭問著，他只趕著要穿過眼前的紅綠燈，我只好加快腳步跟上。

到了較沒人潮的天橋上，他扶在橋邊的欄杆，沒先解釋，卻是先反問。

「翹班？」

我擺明不想回答他，但于紹卓也只有笑笑，用手幫我擦了擦我臉上還有些濕的淚痕，然後又說：

「也是，問這好像廢話一樣。」

我嘆氣。

「你為什麼會出現在這？」

「剛好沒課就到學校附近喝杯咖啡。」于紹卓指了指橋下，「妳不會忘了我在那間大學念書吧？怎麼說妳之前也在那工作啊。」

大學……

差點忘了，那是叔叔的學校。

「最近……學校有什麼狀況嗎？」猶豫半晌，我還是問出口。

「表哥剛走那陣子，大家都在問為什麼突然換老師，校方那時的確滿頭大的，畢竟不可能一五一十的對外公開實情，而且真的知情的人也寥寥無幾。不過到現在已經算是天下太平了吧，倒是校長看起來變老不少。」

聽著我莫名感到不快，「就算要對外發言，這種事情不是應該由祕書室或公關室來處理嗎，為什麼校長還得操心這些？」

「因為連發言人都不清楚內幕啊，表哥在校內又是大受歡迎的人物，大家不太可能輕易被呼嚨過去。妳很擔心簡校長嗎？」

說著，于紹卓挑眉，笑裡有些蹊蹺，我當下就錯開視線，「你想太多了。」

他聳肩，手插口袋朝我踱近幾步，眼神透露出一種溫柔的堅定。

「好吧，不過我還是要提醒妳，長輩他們啊，其實也是會檢討的。當他們的出發點是為晚輩好，最

後卻反而造成更大的困擾時，他們會開始認真思考，自己是不是再也沒幫助了？是不是到了該放手讓晚輩作主的時候了？」

于紹卓說的不是沒道裡，只是這些日子以來，我從沒這樣想過。

我太習慣叔叔意氣風發的樣子，忘了他其實也是個血肉之軀的人，是個從前很討厭小孩、卻會為了哄年幼的我而讓我爬到他肩上，這樣一個溫暖的人。

「書憶，能對煩心的事不聞不問，可能讓妳感到如釋重負；但是頭也不回的我們，永遠看不到親人是如何在我們背後，憑空想像著我們高飛的身影而滿足，然後一個人默默老去。」

他將手帕遞給我，「生命是有期限的，所以心裡有掛念的話，就去見他一面吧。」

輕輕地，從他手中接過手帕。

這才發現，我哭了。

第九章
放不下的習慣

一晃眼，又到了一年一度，盛大的父親節。走在街上隨處可見歡慶的氣氛，超商、量販店的傳單上，也用各種父親節的促銷佔了一大版面，就連社群網站，也不外乎是一些慶祝父親節的貼文。

我大略瀏覽了一下，再回到自己的主頁，對比之下，我的頁面完全就像蠻荒多年無人使用的帳戶。想當初根本沒什麼註冊帳號的動機，說起來，這純粹是為了大學時的分組報告而存在的帳戶，經營這個本來就不是我會做的事。

「難得看妳滑手機，我的也順便給妳看一看好了。」

伴隨聲音，對面的椅子被拉開，于紹卓將自己的手機推過來，堆起清朗的笑。

我看看手機，又看看他，訥了訥，「為什麼我要看你的手機？」

「給妳看我那群朋友都在我生日時對我說些什麼啊。應該有不少慘不忍睹的醜照，借妳笑一下。」

他半開玩笑地說著，提到醜照時嘴角還有些上揚。

我也不禁一笑，「我覺得可能會有人對你說『父親節快樂』。」

因為于紹卓的生日，正好就是父親節。

坦白說，我也不確定自己跟于紹卓，現在究竟是處於什麼樣的關係。雖然鬧過緋聞，但我們的相處似乎沒有絲毫芥蒂，有時我甚至要懷疑，兩個月前他面對報社時那番驚天動地的表白，會不會是哪裡搞錯了？

我也忍不住會想，如果他這個年紀比我輕的人，都能夠不把那種無聊的八卦放在心上，那我這個早就出社會的人，也應當沒什麼理由糾結著此事不放。

他沒要強迫我做任何決定，我知道他從頭到尾沒打算給我壓力，但究竟我的壓力從何而來？

——「請妳，跟Sean在一起。」

童樺當時的請求、那時強笑的表情，我始終無法裝作沒這回事。

其實事後童樺有來找過我，說自己那時是口不擇言，要我別把那些話當真。可是我辦不到，對我來說，說出口的話沒有收回去的道理，就像于紹卓之於我，就像我之於孫景熙。

我開始深思，同時給自己一個考慮的期限，關於要給于紹卓的答覆，至今也該是時候有所回應。

就在他生日這天，我決定窖封有關孫景熙的一切，試著，去看見另一個人的用心。目光慢慢聚焦在他喝飲料時眺望窗外的側臉，我悄悄浮上一抹笑，心底很是平靜。

他剛好轉過頭來，發現我在笑，雖不明所以但也跟著發笑，模樣還有些傻氣。

「怎麼了嗎？」他問。

我搖搖頭，「沒有，看你手上那杯滿好喝的。」

「這杯？」

他舉杯遞向我，笑得促狹，「不然分妳喝？」

幾乎是在他問完的同時，我便從容不迫地湊過去，吸了一口。

于紹卓一臉就是張口結舌的樣子，相較之下我則是極其自然的起身，然後慢悠悠地拎起包包。

「走了嗎？去叔叔那。」

路過還傻在座位上的他，我背對著他低笑。

說真的，于紹卓會那樣訝異是可以理解的，畢竟他大概完全沒料到，我竟然會乖乖張口任他餵食。

但這並不是因為我變乖了，純粹只是我在不知不覺當中，已經放下對這個人的戒心，至於從什麼時候開始的我也說不上來，可能是在他日復一日的包容裡、也可能是在他對我一再關心的某個契機點。

他只要看到我就會笑，不論心情好壞，幾乎是像反射動作那樣。這是他和孫景熙最大的不同，于紹卓的笑容總散發出一種難以忽視的真誠，然而孫景熙這個人真正誠懇時，卻是讓人完全無法從表情分辨的。

比起孫景熙，于紹卓是沙漠裡的綠洲，讓我在乾涸的沙地裡存活。

我很感謝他這些日子以來的照顧，包含他雍容大度的體諒、包含他在我門前默默留下的那些關懷，就連我能趕在父親節前和叔叔冰釋，全都該歸功於他。

是啊，我和叔叔和好了，就在他前陣子的一番肺腑之言之後。

「于紹卓，我得謝謝你幫我找回父親節的感覺。」

很久了，我真的很久沒過父親節了。

「這沒什麼啊，事情能解決，主要是因為妳願意主動去跟簡校長把話說開，我沒有特別幫上什麼忙。不過妳突然對我這麼客氣，我都要懷疑妳是不是書憶了。」

說著，他用食指點點我的額頭，嘴角揚起時還露出一口潔白的牙齒。

「講得好像我平時都很不客氣一樣……但是不管怎麼說，還是多虧有你的忠告，我才想通一些事。」

「我？」他笑了，「傻瓜，妳怎麼老覺得是別人的功勞。」

「誰叫有人明明功不可沒，還硬要推得一乾二淨。」

我故意講得意有所指，于紹卓也立刻聽懂我意思，忍不住就笑了出來。

「喂喂，妳話中有話啊？」

他一邊說一邊出手捏捏我臉頰，空氣都被他笑得明朗起來。

回想起當時的情況，我對叔叔氣盛的咆哮，幾乎是一筆抹煞了我們曾經形同父女的情份。我把自己變成忘恩負義的人，渾渾噩噩這麼久，才終於被于紹卓的一番話點醒。

他告訴我，所謂的家人就是，當妳受到委屈，他為你挺身而出；當妳為他人流淚，他在某個妳看不見的角落為妳心碎。然而，當他為妳做得越多，妳卻越會忘了感謝。

直到妳開始充滿厭煩的嫌棄他，直到他追著控訴妳的不義，直到他終於也心寒的離開，妳想回頭，才發現自己連他的影子都搆不到。

人生中的遺憾已經夠多了，要是化開對叔叔的心結，能夠使我將來少一件懊悔，那也絕對是于紹卓所帶給我的三生有幸。

替叔叔過完父親節後，于紹卓送我到公寓附近，就先去朋友那繼續慶生。

看看手錶，時候也已經不早了。

最近兩週因為電梯維修，我都是走樓梯上樓，一開始特別累，現在倒也滿習慣的了。順利抵達我住的樓層，我順勢從包包裡揀出鑰匙，正要邁過走道轉角時，頭一抬，遠遠就看見有個人蹲在我門前，正要起身。

因為不確定對方是誰，我沒繼續往前走，可那個人似乎頗為敏銳，雖然沒回頭看我，卻好像有發覺我的存在，腳步一挪就打算離開。

我本來想先叫住他，但他一動我就被他留在門口的東西吸走注意力，頓時我愣住了。盒面上那張熟悉的牛皮紙條，穩妥妥地就橫亙在中央，每次都是不變的位置、不變的文字排版，我不可能認錯。

一直以來在我門口留下東西的……難道，不是于紹卓？

想到這我立刻追上去，可是那人高挑的身影步伐很大，行動不僅俐落還能夠不發出半點聲響。眼見他一下子就翻過樓梯邊的扶把，瞬間和我拉開距離，我忍不住朝他背影一喊。

「我想知道你是誰！」

他腳步慢了下來，但還是沒有答話，樓梯間全是我喘息的聲音。

「為什麼要接近我？」我繼續問，一步步朝他靠近，「是叔叔派你來照顧我的？」

說著，我緩步抵達他身後，這時他轉過身來，開口了。

「現在，妳還想知道我是誰嗎？」

就在離我兩步的距離，他說話的音量很低，卻傳遞著說不出的明晰。片刻間我什麼話都說不出來，望著他，目不轉睛。

怎麼會是……孫景熙？

「你……這怎麼可能？」

一年多前那場大火他為了救我而受傷，他就這麼一個人、受困那種地方，甚至當年在于紹卓的人趕到時，火災現場只剩整片荒地的餘燼。

他真的……生還了？

孫景熙一句話也沒說，向後退了幾步又打算轉身離開，我剎那失了方寸，踉踉蹌蹌地奔上前，從後頭抱住他。

「不要走。」

他沒有掙開我的手，我甚至可以聽見他平穩的心跳聲，旋律比以往要來的深沉。

有太多的話想對他說。我想問他這一年多來去哪了，也想問他這些日子裡，在門前留下那些東西，低調關心我的生活，是不是就意味著他其實並非對我無關緊要？

喉間一時卻像燒得過乾的開水那樣乾澀，我什麼話都沒能來得及說，就率先迎來他壓著嗓的一道指令。

「放手。」緩緩地，他將掌心往我手上一蓋，扳開我的手。

「我想妳大概沒搞清楚事情的狀況。」

他轉過身來，往我逼近時渾身散發出一種危險的氣息，「就憑妳一個眾叛親離的孤兒，能有什麼我

該為妳留下的價值？」

望著他那雙比以往要冷色的眸子、聽著他那充滿惡意的語言，我不斷後退，直到背貼壁面，無路可退。

原來……這才是他的真心話？

「這些年來，作為我的朋友，作為我生命中最重要的人，你，是在施捨嗎？」

我的目光緊鎖著他，卻等不到任何一絲他想否認或澄清的跡象。

突然有些坦然了。

「孫景熙，如果你從頭到尾只想利用我拿到Vampire，就不要總在我需要時出現，不要做些會讓人誤會的舉動，不要照顧我、不要關心我，更不要吻我。」

我已經認清，再多的辯駁也不能粉碎我們之間的隔閡，話說到這我只想轉身離開，孫景熙聽了卻面露輕蔑，出手便壓住我身旁的牆，攔住我的去路。

我的下巴被他一抬，與他相望的同時他強勢地吻了上來，我措手不及，抵著他的胸膛試圖反抗，但很快地，我的雙手被他擒住、架在牆面，他的體溫以一種火熱的方式侵入我全身的細胞，一步又一步，支配著我的行動。

在他的主導下我放棄掙扎，而後他將我鬆開，耳邊，傳來他疏淡的話聲。

「那個吻，不論重複幾次，對我來說都毫無意義。」

呼吸一暫，這次我停在原地，任他抽身，遠離。

回到房內，我淋著浴，也不曉得是不是因為熱氣的關係，眼眶不自主就熱了起來。

我怎麼也沒想到，我和孫景熙之間的奇蹟，竟會在這種情況下發生。

明明今天就已經下定決心要放下有關他的一切，可是當我再次見到他，我發現自己根本放不下。當我看見他平安無事的出現在我面前，我感動得想哭；可是當他面不改色地否定我存在的價值，我又灰心得想逃。

他是那麼清楚親情對我的意義，但似乎也因為最懂，才可以傷我最深。

頭上披蓋著毛巾，我低著頭、沿路滴著水，連剛換上的衣物都濕透了，我走出浴室，坐在沙發上。

看著手機鈴響，我接通來電，對方搶在我前面就先說話。

「喂？簡大小姐，我說妳是不是忘了什麼啊！」

面對他劈頭的指控，我還搞不清楚狀況，隨即又傳來另一個人的聲音。

「不要鬧了！快把手機還我！」

雖然那句話顯然不是對我說，但這個聲音我認得，是于紹卓。

「喂，書憶？我是紹卓。」

這回我確定是跟我說話了，於是我回應。

「嗯。」

「呃、不好意思，剛才我朋友在鬧，妳到家了嗎？」

雖然沒必要對我解釋或道歉，但他還是很客氣的這麼做了，倒是我忘了自己答應過到家會打電話跟他說一聲。

為什麼他總要這麼貼心呢？

抓著手機，我頓時發不出聲。

「書憶？怎麼了嗎？」

他又問，我只覺得再講下去眼淚就會全飆出來，當下就掛斷電話。

結果過沒多久，門鈴響了。

我從接完電話那一刻，人就癱躺在沙發上，到現在連頭髮都還沒吹，一身潮溼便起身開門。

見到我，對方著實嚇了一跳。

「妳、這是發生什麼事？」

于紹卓站在門口，一邊問、一邊忙著脫下他的夾克外套，往我肩上披。

我後退半步，留給他一個空間進來客廳，「……你不是去慶生嗎？為什麼會出現在這裡。」

一副就是心不在焉的樣子，我自己也知道這樣對他很失禮，但現在的我真的沒餘力招待客人。

于紹卓索性過來把我牽到沙發上，自己則是蹲在坐椅和矮桌的走道間。

「因為妳突然掛電話，之後就不接了，我怕妳出什麼事，就早退過來看看。」

我聽著一陣沉默，于紹卓看我一臉內疚，又繼續說：「我那群朋友啊，就算主角不在，還是能像鬧洞房一樣玩到天亮，不需要太擔心他們。倒是妳，這樣濕答答的感冒怎麼辦？」

我搖搖頭，作勢用毛巾擦擦頭皮，「我都幾歲人了，沒這麼體弱。」

「什麼話，二十幾歲的人也是會感冒的啊。」

說著，他起身四處張望，「妳家吹風機放在哪？」

我沒回答，只把他的外套褪下。

「你還是趕快回去找朋友比較好。」

于紹卓一聽便回頭，注視我好一會，然後坐到我身邊。

「說吧，妳怎麼了。」

我別開臉，只希望他別再用那張心平氣和的臉，對我表示關心，一方面也擔心自己沒辦法繼續裝作安然無事。

于紹卓卻不懂我的用意，甚至將我轉回去面向他，「妳受了什麼委屈，對不對？」

他誠摯地看著我，訴說著令人安心的語調，我讓自己面無表情，卻控制不了眼淚源源不絕的流出。

于紹卓一時也愣住，沒料到我會是這樣的反應，隻手便先將我安入懷裡，另一手則輕捧我的後腦勺反覆安撫著我。

我全招了，連同孫景熙生還的消息，包括我對那個男人抱有的那些最深刻的感情，一併，全都告訴眼前這個我一直看作弟弟的對象。

「好了，沒事了……」

他耐心地聽完整件事的來龍去脈，不斷對我說著這句話，我微微點頭，也想說服自己一切是真的沒

事了，可我心裡卻同時也清楚，目前的自己，根本不曉得該如何面對現在的處境。

唯獨這件事，于紹卓是沒辦法幫我解決的。

坐在床緣，我成了一具沒有靈魂的傀儡，頂著一雙被含鹽的淚水洗滌得乾澀的眼，而于紹卓就這樣待在一邊，讓我偎著，直到睡著。

八月中旬，我因為公事要出差到上海一個禮拜，其實原先並不是安排我去，但于紹卓大概是動用了一點關係，把我順便也送出國，說是要我工作療傷。

我不是很信那套，也由衷認為這種說法是偶像劇裡，配角用來哄主角的把戲。我和孫景熙之間的事要是有這麼容易解決，那麼在他以死亡的名義消失的這一年多來，我早該釋懷，也不會到現在他一出現，就輕易把我好不容易整理好的心情，再度打成一盤散沙。

可是于紹卓卻不是這麼想，提到這件事時，他甚至還大喇喇地說：「為了自己喜歡的女生，偶爾不這麼光明磊落還是合情合理的。」

明知對方是假公濟私，可我也實在沒有權利拒絕，於是我就只能這樣，不明不白地加入出差的行列。

姑且不論投身工作究竟是療傷還是逃避，在我去上海的這段期間，臺灣的事也不是一帆風順的。

和叔叔把話說開之後，我多少又開始瞭解一些實驗室那邊的現狀，雖然組織估計是不會再有動作，但叔叔和禿鷹教授他們還是打算把Vampire的事好好收尾，畢竟當初本來就不是因為組織的關係，才想把Vampire處理掉。

但在我出國的第二天，叔叔的實驗室就傳出資料外流，疑似是內部人員把資料賣出去，搞得所有人防不勝防。不過以目前來看，還不是很能確定Vampire的事到底敗露了沒有，只能肯定幾乎完成的另一份研究，確實已經被賣到別人手上。

「背叛。經年累月的心血，沒了。」

電話中的叔叔，難得如此痛心疾首。

他從來都是個高瞻遠矚的人，由於生性多疑，真正能獲得他的信任、進而成為心腹的人，說實在並不多。我想也是出於這樣的原因，當身邊最親信的人背叛他時，特別能使他感到受挫。

而我對於這種感覺，或多或少能夠感同身受。

「等我這邊的工作告一段落，就會立刻回去臺灣，到時候看有什麼事是我能做的，我都會幫忙。」

即使知道自己的力量很薄弱，我還是忍不住說出自願幫忙這種話。自不量力也好、自以為是也罷，這才是現在的我唯一該擔心的事。

聞言，電話那頭的叔叔沉默許久，在我幾乎要開口問他怎麼了的時候，他一句彆扭的話語頓時抵達我耳中。

「——等妳回來。」

最後，我終於也說出從前就想說，卻從來沒說出口的話。

「謝謝你，一直是我的家人。」

一連忙了幾天後，總算迎來今晚的晚宴，結束之後，明天一早就可以功成身退，打包回臺灣。

因為是代表DAWN來參加這種政商名流的派對，公司不只是幫我把服裝備妥，還派了化妝師來替我上妝，連髮型都精心設計過。我活到現在，還是第一次打扮得那麼像公主。

本來我不是特別緊張，畢竟在臺灣也出席過記者會那種公開場合，可是隨著宴會即將開始，一股莫名的緊張感不知不覺就開始膨脹。

手心都冒汗了啊。

「怎麼辦于紹卓，我突然有點緊張。」

坐在汽車後座，我窩囊地打著越洋電話向于紹卓求救。

「公關部不是有派人一起去嗎？這只是個小型聚會，妳只要放鬆一點，我相信妳可以！」

我一聽，瞟了眼隔壁睡得安穩的Ann，「你家的公關部小姐早就睡死了。」

話一出口，不止于紹卓笑了，連司機也偷笑。

「妳難得撒嬌，我是不是該現在飛過去陪妳啊？」

……居然被調侃了。

「算了。」我低壓冷言，「現在已經惱怒勝過壓力，祝我好運。」

說完，我直接掛斷，腦中完全可以想像于紹卓看著手機憋笑的樣子。

下車後，Ann整個人煥然一新，和甫才在車上睡到流口水的那個人，簡直是判若兩人。

進會場的途中就看她不斷和其他貴賓噓寒問暖，相較之下我就只曉得點頭微笑，什麼話都搭不上，只剩下當花瓶的份。

沒一會，Ann已經超出我的視線範圍，我猜想她是被包圍在會場的某處，正活躍地交際著。就我一個人最像跑錯場的。

斟了一杯紅酒，我獨自靠在窗邊發呆，耳邊的交談聲模模糊糊，但至今還沒間斷過。看來今晚還很長。

「喔？這不是DAWN的當紅電台主播？」

忽然，穿著西裝的陌生男子靠了過來。

呼朋引伴似地，他身邊的幾個男人也跟著湊近，「看妳自己一個人在這裡，跟少東傳緋聞的事果然是媒體亂報的嘛。」

這下可好，連我也被包圍了，而且還是在這種四下無人的角落。下意識退了半步，我能感覺他們不懷好意，但還是露出制式的微笑。

「不好意思，朋友正在等著。」

簡短說完，我掉頭就想走人，但對方立刻擋住我的去路。

「別這麼冷淡嘛！大家交個朋友，這是我的名片，咱們以後生意上可以合作，私底下也可以交流

啊。」說著，手臂就搭到我肩上，我不自在地側動著肩膀，但那個人顯然不打算放過我，一旁的友人還跟著起鬨。

「哈哈哈，什麼私底下，我看你是想要裙底下交流吧？」

一張臉笑得醜陋至極，這次我瞪他一眼，使力將他撥開。

「先生，請你自重。」

「哎呀怎麼生氣了，妳這張臉蛋連兇起來都這麼漂亮，怪不得那個乳臭未乾的小鬼對妳這麼迷戀。要不也來我公司拍個幾張宣傳照，待會結束就先去我家換套衣服吧？」他露出汙穢的笑容，出手碰我臉頰，我不禁厭惡地別開臉，只感到作嘔。

這時身旁又走來一人，我連看都來不及看，眼前這西裝男的領帶就登時被人一扯，整個人跟著被拉過去。

「啊啊、痛痛痛！」

「鬼叫什麼？我可什麼都還沒做。」將西裝男的臉拉得很近，他低聲，「倒是你，不管想做什麼，手最好給我安份點。」

放開西裝男，他與我對上眼，卻又像是刻意無視那樣走掉。

「孫景熙？」

見他充耳不聞繼續走，我再度開口，「給我站住，孫景熙。」

這回他止步，但依然背對著我。

「道謝的話就不必了，低聲下氣不是妳的風格。」

語調毫無起伏，我卻不由得自他身後一哂。

他仍然是最懂我的人，即使我用那樣魯莽的方式喊住他，他還是對於我想做什麼瞭如指掌。我們之間，為什麼會落得這種地步呢？

「放心吧，不是要對你糾纏不休，好歹當你朋友這麼久了，你排斥什麼我還是曉得的。」

機械式地脫口而出，封閉情感的話語，逐字逐句，凝成沉重的鉛，壓在心上。

「上次你說的那些話，我都聽進去了。」頓了頓，我自嘲地笑，「現在回頭想想，從以前到現在，接吻這種事對你來說，從來就沒什麼大不了的，一切只是我自己會錯意。像你這樣的男人，不是第一次被暗戀、更不是第一次被告白，總不會因為這樣就小家子氣跟人絕交吧？」

半開玩笑的應答、無拘無束的默契，瀟灑點，或許還能找回我們之間的曾經。

這時孫景熙用餘光掃過來，不是太快也不是太慢，就這麼剛好停在我雙眼的位置。

四目交對。

「那當然。」

如我所願地，他鬆口，目光停留在我身上不過幾秒的事，卻彷彿能以讀碼的方式深刻剖析我說的每一個字，進而讀出我內心深處層層包裹的心事。

我看著他起步，嘴邊還努力撐著笑，他的體溫及淡香與我擦身而過，兩個字卻遺落在我耳旁。

「抱歉。」

肩頭一震，身體和意識好像分開了，我揪住他的袖口，匆匆一句。
「等等，孫景熙。」
回頭，卻率先迎來Ann的聲音。
「咦？書憶妳在這啊！找妳找了半天，差點要被紹卓抓去殺頭，話說回來，那位帥哥是？」我的頸子被Ann勾了過去，和孫景熙的距離也隨之被拉開，再轉頭一看，他已經直直走出會場。
伏身撿起孫景熙丟在地面的邀請函，我望著掩上的大門。
「他是一個……商人。」
「啊？這不是廢話嗎！來這邊的誰不是商人！妳該不會是喝醉了吧？」
Ann完全不懂，我想這樣的答覆大概也只有我和孫景熙兩個人懂。
移開Ann挨在我額上的手，我對她牽強一笑，隨後跟著她的腳步再次回到場內。

時間是真的過得很快。
等到于紹卓得知我和孫景熙在上海見了面，已經是我回臺灣兩個禮拜後的事。
本來我並不打算告訴他這件事的，但消息最後還是在Ann和同事無心的閒聊之下，傳到于紹卓耳裡。
不，正確來說，是他來探班時親耳聽見的。
當天下班時，他就在公司門口等著問我這事的始末，不過他這個人不曉得從哪學來的，說起話來相較同齡更有技巧、交涉也分外有手腕。以這件事來說，他並非開門見山地問，而是將我從上海回來後，種種微乎其微的異常一一細數，最後再將矛頭確鑿地箭向他的目標。

「在上海那幾天，有發生什麼事，對不對？」

他這麼問我，完全正中紅心。

我當下正在捲義大利麵條，被他這麼一問，全身都僵了。

「……好比說什麼事？」

捲起麵條，我往嘴裡送入一口，決定避重就輕，為自己爭取一些思考的時間。

于紹卓看起來不像沒發覺，倒還風度翩翩。

「好比說遇見什麼人之類的。」

倒了杯水，我清清喉嚨，「真要說什麼人的話……」

「DAWN的合作廠商真的很有問題。」我說。

「廠商？」

我唐突的斷語引來于紹卓一陣不解，看來他似乎還不清楚他們的真面目。

那幾個不務正事的癡漢……不想還好，一想我就感到反胃，尤其是那個說什麼裙底下交流的。

「一言以蔽之——被騷擾。」

我已經極盡可能長話短說，結果他仍然相當錯愕。

「騷、騷擾？等一下，妳是說廠商那邊騷擾妳？」

挑眉瞥向一臉不可置信的他，我點點頭。

他停格了幾秒，吸口氣，才又說話，「……好，這件事我處理。」

「謝謝。」我答得很快，滿心感激向他道謝。

本來想說上海的話題可以到此結束，沒想到于紹卓根本沒忘掉他最初的目的，等我吃飽喝足了，送我回公寓鑰匙都已經拿出來準備開門了，他一句話又像閃電那樣劈了下來。

「妳避談在晚宴遇到另一個人的事，是因為那個人是表哥，我沒猜錯吧。」

他話才剛說完，鑰匙就從我手上滑落地面。

簡書憶，妳到底在心虛什麼？

我欠身要去撿，于紹卓卻已經替我撿起來，遞過來給我。

「沒提是因為沒什麼好提的，就像我之前向你坦白過的，我喜歡他，但他不喜歡我。你說我們之間就算在上海碰面了，又還能發生什麼值得一提的事？」

「是這樣嗎？」于紹卓笑了，我還是頭一次覺得他爽朗的笑容很令人心疼。

我沒提，孫景熙對我說出抱歉兩字的事。

「為什麼我覺得你們兩個根本就是兩情相悅。因為彼此都不想冒著失去對方的風險跨近一步，才用這種虛無飄渺的友誼關係，來鞏固自己留在對方身邊的合理性。從以前到現在都是這樣，不是嗎？」

好犀利，于紹卓從沒用這種方式對我說話過。

他受傷了嗎？是我做錯什麼，還是說錯什麼話？

「于紹卓我……」

伸手想慰留他，他卻順著將我拉入懷中。

「妳不知道的吧？我說喜歡妳是認真的。」

不曉得是不是錯覺，他的聲音隱約有些顫抖。

「這種事情妳當然不知道……因為妳的眼裡向來就只有他，就連我一個異性在妳家過夜妳也毫無防備，從頭到尾，妳都沒有考慮過我們之間的可能性。」

不是。事情不是像他說的那樣。

我認真考慮過要和他交往，甚至是抱著童樺會傷心的覺悟，決心要接受眼前這個為自己無怨無悔的男人。

在我眼中他已經是個男人，早就不是什麼毛未長齊的小鬼。

只要跟他解釋清楚就好，但我為什麼就是開不了口？

「……對不起。」

在我說出這句話之後，于紹卓手放開了。

他瞅著我，嘴角是他故有的弧度，沒有太多傷心欲絕的表情。

輕點了頭，轉身，離去。

而我徒留原地，紅了眼眶。

最終章
只因相習已入深

也許和于紹卓之間變得形同陌路，打從最初就是顆不可避免的震撼彈，難免有些悵然若失，但我也因此重新檢視自己的定位。

事實證明，我沒本事回報于紹卓的感情，卻又遲遲未對他表明態度，才會導致事情演變成兩敗俱傷的局面。

既然如此，不如就趁這個機會，放手讓他走吧。

一早，我就到公司打了份辭呈，並不是因為于紹卓想剔除我的職位，而是我自覺不該再平白無故接受他的援助。

很多事情該重新思考。

離職的消息很快就在辦公室裡傳得沸反盈天，各種憑空的揣測也紛紛冒出，每天都會有人來問我是不是和于紹卓分手了。

「打從一開始就沒交往，要怎麼分手？」

這樣的回答，我今天已經重複過無數次，但仍然有人窮追不捨。

為什麼偏偏這個時候，就沒個主管來緘住他們的口呢？

「拜託！緋聞鬧這麼大，妳把人家小鮮肉吃乾抹淨現在居然撇得一乾二淨，這還有沒有天理啊！」那個推著眼鏡的短髮女同事，一副要哭倒長城那樣，自轉了一圈，倒向剛好在一旁的鬍渣男。

結果鬍渣同事完全與她沆瀣一氣，「就是說嘛！咱們紹卓少爺真是太可憐了……星期六我去夜店的時候，還看他一個人坐在吧檯那喝悶酒，連我坐在他旁邊，挽著他的手跟他打招呼，都完全被當空氣耶！」

「什麼？有這種好康的事你怎麼沒通知我？」

「誰要通知妳！情敵當然是越少越好啊！」

鬍渣同事一個俏皮吐舌，對方就隔空揮拳作勢要怒捶他個幾下，很是不甘心。

我靜靜擱下手邊的小紙箱，目光停留在吵鬧的兩人身上，腦中卻忍不住對于紹卓喝酒的事追根究柢起來。

是因為我說了那句對不起嗎？

也許那天，我真的傷了他的心，所以才會事發至今，他一次也沒再出現過。

沒有他的日子有種說不出的不慣，吃飯時不會再有人想盡辦法活絡氣氛，無聊時不會再有人拉我去做些滿是赤子之心的事，開心時不會有人發現，難過時不會有人陪伴，一切彷彿都回歸到剛失去孫景熙時的冷清。

于紹卓會走我並不意外，因為自己從未正視他的感情，落得這種下場本來就是我罪有應得。可是那種喝酒傷身的事不該發生在他身上，他不該受罪。

「你們。」一念至此，我出聲叫住還在玩你追我跑的兩名同事。

他們以為自己玩太過火，惹得我終於忍無可忍準備開罵，兩個人便同時抿口，露出不敢造次的表情。

「于紹卓喝酒的那間夜店，在哪裡？」對著傻住的倆人，我說。

文件擺齊，工作證取下，下班後我直接上街買了套無袖的黑色小洋裝，回家重新上妝打理一下，便出門前往翳渣同事說的那間夜店。

雖然不確定于紹卓今天是否還會出現，但就想來碰碰運氣。

讓公關在手上蓋過入場印章後，我跟著人群進電梯，狹小的空間裡全是女人的厚重香水味。

電梯門一開，音樂聲就大得從舞廳內傳出來，我走進去，首先目光掃往吧檯。

前面數來第三個位置，坐著一名正和男公關聊天的辣妹，再往裡頭走，則是三兩個聚在一起大聲聊天的男人，看來看去，似乎沒有于紹卓的身影。

今天沒來嗎？

靠在牆邊我啜了幾口COSMOPOLITAN，觀賞著舞池裡狂歡的男男女女，群魔亂舞似的，我竟意外地感到幾分紓壓。

「咦？書憶！」

右前方一個男聲傳來，那種摻著濃濃鼻音、蘊藏女性特質的音色，我幾乎不用看就可以猜到對方是誰。

「翳——」一個不小心差點要叫出翳渣同事，我趕緊改口，「湖水綠很適合你。」

指著他的湖水綠襯衫，我乾笑。

「哎唷？今天嘴很甜，妳的黑色小短裙也很性感喔！」

說著，他人已經來到我旁邊，「怎麼，妳來找紹卓少爺的嗎？」

「呃……可以這麼說，但應該跟你想像的不太一樣。」

「堵人就堵人，理由一堆幹嘛？」

他一臉三八的表情，用食指點點我肩窩，「不過今天紹卓少爺不是一個人喔，他在包廂區，周圍一群辣妹啊！有結界耶妳知道嗎！根本沒辦法靠近，真是討厭死了。」

「包廂區？」

「就是那一邊啊，左邊數過來第二個沙發區。」

他轉過身，用手指出方向，隨即又轉了回來。

「反正跟妳講也沒用，妳戰鬥力這麼低，大概也擠不進去吧？不說了不說了，我要自己去狩獵了！」

自顧自說完，他用雙手擺出獸爪的手勢，嘴巴還狂野地咬了一圈，隨後便揚長而去。

我眺往他剛剛手指的包廂，躊躇了一會，還是決定過去看看。

反正要是不被歡迎，大不了就是拍拍屁股走人，我本來是這樣想的。

沒想到才稍微走近，就立刻被剛從吧檯斟完酒，準備回包廂的妹子認出來。

「書憶姐？」她往我偏頭一看，隨即往包廂裡喊，「紹卓、紹卓！是書憶姐耶！」

我才反應過來自己曾和這女孩在墾丁見過面，于紹卓被她這麼一喊，也抬頭起來看我，笑容頓時就停格住了。

朝我上下掃視了一下，很快地他再度展齒微笑。

「要過來坐嗎？書憶。」

該說不可思議嗎？這風度。

我點點頭，在他身旁落坐。

「看不出來妳也會出現在這種地方。發生什麼事了嗎？」

仰在沙發上，他斜睨過來，衝著我笑，我不禁感到酒氣醺天。

莫名地，一股無名火就冒了上來。

「這句話我是不是該原封不動奉還給你？你才是怎麼了吧。沒事跑來夜店喝成這樣，別忘了你是DAWN的繼承人，你整個人都代表公司的形象，要是被媒體拍到，不曉得又會被寫成什麼亂七八糟的報導。」

不是這樣，我想說的不是這些，我關心的明明就是——

「妳特地跑來這裡，為的就是要提醒我這件事嗎？」

酒杯往桌面一擱，發出輕脆的響聲，我聽著他的回話，愣住。

見我說不出話，他低頭一笑。

「謝謝。妳都要離職了，還讓妳這麼費心。」

他撓撓鼻尖，臉上笑容沒半點消退，我想說點什麼，卻什麼都沒能說出口。

震耳的舞曲、嘈雜的交談、亢奮的呼聲，此時此刻全都成了無聲的靜謐，橫在我和于紹卓之間。

看著他起身，周圍團團簇擁著一圈同行的女孩，他的身影忽然顯得有些遙遠，我們之間似乎開了條無法踰越的岔路。

抓起包包，我站出包廂，回頭掃了一眼舞池，暗自留下一句話。

「再見了，于紹卓。」

夜很深。

自從被于紹卓收留以後，我就不曾在這種凌晨一兩點的時間，還獨自出現在街上。

我逃跑似地離開夜店了，在不影響到任何人興致的前提下，我只傳了封簡訊告知于紹卓。

但一出夜店我也不是直接回公寓，考量到現在昏昏沉沉的腦袋，我猜想回去後可能會需要解酒，於是我先跑了趟便利商店，打算買一瓶牛奶回去備用。

也不曉得是不是喝多了，越走頭越暈，整條街亮晃晃的店家在我眼裡開始糊成一團，當我行經亮燈的最後一家店面時，頭便已經暈得受不了，連路都走不直，我忍不住在行道樹下的臺階邊屈坐下來。

特地去夜店對于紹卓說教一番，結果卻反而是自己不知不覺喝得太多，我還真不知道自己到底是去做什麼的。

晃了晃腦袋，暈眩感與不適感並未因此而散去，反倒是腦內有種翻來覆去的感覺，我只能不斷揉著腦袋，試圖保持清醒。

什麼時候酒量變得這麼差了？

我……

好像……被抱起來了？

「于紹卓……是你嗎？」

我趨近孱弱的問，但那人並沒有回話，眼前的畫面模模糊糊，月光落在他疏漠的側臉，映照出刀削似的陰影。

不曉得是不是錯覺，總覺得……很熟悉。

糊塗的意識裡，我似乎進到一間房間，至於被安置到床上還是沙發上我也搞不清楚，只依稀感到他用他冰冷的手指撥開我額前的髮，不知道什麼時候冒出來的汗水被他拭去，但我還是覺得身體很熱，一種無法排解的熱。

「好不舒服……」

我煩躁地扯著自己胸前的鈕扣，渴望能藉此獲得一點舒緩，即便理智清楚地提醒著自己處境的危險性，身體的動作卻不能自制。

而那個人，我認為意圖不軌的那個既熟悉又陌生的人，非但沒有趁虛而入，反而握住我的手，制止我的動作。

我像是大海中即將溺斃的漂流者，幾乎是沒有思考就將他的胳膊當作浮木一抓，對方頓時被我扯近貼身的距離，就這麼與我對峙。

此時我的目光慢慢能夠聚焦，他恰到好處的五官、窄實的腰線，讓我開始能夠辨識他的身分。

「是你啊？孫景熙。」

我半瞇著眼，舉止散漫起來，「你看我這是不是中了你的蠱，才會連被撿屍都覺得你來救我？」

他一陣沉默之後，低喟口氣，才終於開口。

「……安份躺好。今天妳就在這裡休息吧，我會去書房。」

被用一種全世界的女人都無法抗拒的聲音提醒著，我還是笑得漫不經心，「你還真的是孫景熙啊？不對不對，這不像你，我認識的孫景熙不搞社工這套的。還是這一年多來，你改吃素了？」

本來還笑著說話的我，在整個人被他打橫抱起的那一瞬間，硬生生打住。

「你——」

「妳知道說這種話會有什麼後果嗎？」

他凝視著我，眼神沒有半點遲疑，那股從容不迫的魅力，彷彿隨時都能用行動將我就地正法。

抬眼睇他，我笑意稍退。

「……不管會有什麼後果，我不怕。」

像他這樣危險的男人，我從以前就看得比任何人都清楚。

「你以為在你消失的這將近兩年裡，只有你一個人變了嗎？孫景熙，你未免也太小看我了。現在的我，早就已經不是從前那個任你嚇唬的簡書憶了，你嚇不了我的。」

我會用我的骨氣，向他證明自己變得有多勇敢。

「妳覺得我在嚇唬妳，可是其實我只是在控制自己。」他用內斂的語調將情感層層包覆，口吻卻誠

實得令人心跳。

「因為，全世界我最不想傷害的人，就是妳。」

聽聞他低沉的話語，我連呼吸都停滯。

「所以，簡書憶。」他一字一句的吐出，我們之間的距離就止於這絕妙的十公分，「不要靠近我。」

突然，我發現自己沒辦法再說出任何頑強的話，來武裝自己。

理智如絲般抽離，我的手在觸碰到他的臉頰時，感到短暫的麻痺。接著雙手順過他耳下，停在他頸後。

「我說，我不怕。」

這次他並沒有制止我，甚至有所回應的低下頭。他乾爽的唇無意地輕擦我臉頰，涼感的手指就位在我鎖骨間，往下一移便流暢地拉掉我胸前的綁帶，當他吻上來，我感到體溫急速在攀升。

他親暱地捧著我的後腦勺，指尖在我的髮絲與頭皮間來回穿梭，我閉上眼，呼吸聲漸漸變得急促，雙手沿著他背上居中的凹陷向上攀附，直達肩胛骨。

孫景熙將我騰空抱起，位在我身後的拉鍊被他拉開的同時，一條被子自他手中往我身後一帶，隨即掩覆在我們倆身上。我們處在棉被底下狹小的空間裡，即使是肌膚與床單之間細微的摩挲，都能夠聽得一清二楚。

「妳不逃嗎？」他問著，混和著低喘的聲音很沙啞。

望著他，視線氤氤氳氳。

「在你身邊，我從不需要逃。」

燈光一暗，我們都失去最後的一點理智。

天還未明，我已經醒過來，撐起身，腦袋還不是很清楚。

太不真實了。昨晚在這張床上，我跟孫景熙……

想了想，雙頰浮上兩抹紅暈，溫熱熱的。

回頭望向本該還躺著他的位置，空無一人，我不意外，只是沒想過一夜情這種事情，竟然會發生在自己身上。

該回家了。

下床時陡然瞥見落地窗外的仙人掌，我還記得那是去年他生日時，我買來一個人幫他慶生用的。

他沒有扔掉……是因為沒發現，還是因為想留著？

身著他那稍嫌寬大的襯衫，我打著赤腳走向陽台。

他家的陽台就像一座瞭望臺，可以在清脆的鳥鳴聲中看見日出，即使到了夜晚，也能一覽空中的繁星點點。有一次跨年，我跟他就是在這個陽台觀星，結果喝酒喝到錯過煙火，隔天醒來時孫景熙已經先去學校上班，我一個人還披著他留給我的外套，被他放生在陽台。

現在想想，當時他肯定已經知道我是叔叔安插在學校的人，所以才把我放在這睡到自然醒，反正我

也不可能因此而被炒魷魚。

靠在陽台邊，我眺望著陪襯旭日初升的街景，想了很多從前的事，直到那抹身影出現。

是何念甄。她出現在這……是來見孫景熙的嗎？

我的視線忍不住追著她，到了一顆大樹下，最後靜止於倚在樹幹旁的孫景熙。

他們碰面了，顯然不是不期而遇，我可以看見他們在交談，但因為相隔太遠，除了清晨的鳥叫聲以外，我什麼也聽不見。

心裡明明知道這不干自己的事，我的雙腳卻不由自主地追下樓，到客廳，玄關，鞋櫃前，然後出了大門。

我跨著安靜的步伐，貼在陰暗的牆角，胸口有點喘，但我只是不出聲的換氣。

「昨晚跟她睡了？」

我可以聽見，何念甄在說話。

「有什麼事就直接說吧，不需要拐彎抹角。」

低頭，揉了揉眉心，孫景熙的語氣與其說是冷淡，更像是疲倦。

「哼……」

嗤笑出聲，何念甄將她濃密的長睫毛瞇起，眼神撲朔迷離。

抬起手，她撫摸孫景熙的側臉，「這是你對你的女人說話的態度嗎？」

孫景熙既沒閃避，也沒否認她的自稱。

我怔住。

「我已經照妳的要求離開她，明早我也會遵守承諾跟妳上飛機，妳不應該再把腦筋動到她身上。不管是上海出差的事，還是昨晚跟蹤她的事，我都知道是妳在對她耍心機。」

種種的描述，還有上海出差什麼的，孫景熙這是在說……我？

「你倒是反過來指責我了……先不守信用的明明就是你，當初到底是誰親口答應要離開簡書憶？一年多前，你用自己的命去換她的命，如果沒有我你早就被燒死在那間破屋子裡了；現在，你同樣又為了她來跟我談判，從頭到尾你都不是真的放棄她，你當我傻子嗎！」

講到最後她吼了出來，精神不很穩定。躲在一旁的我幾乎是繃起了全身的細胞，孫景熙卻僅僅是低眼瞰她，距離感就此凸顯出來。

「妳現在是站在什麼樣的立場、用什麼樣的身分對我說這些話？」

淡瞟著何念甄，他又說，「答應妳的事情我每一件都會做到。但我要妳搞清楚，我答應的是和妳交往，不是和妳談戀愛。更何況如果不是妳私下動歪腦筋，我也不會一再出現在她面前。」

句句平鋪直敘，卻紮紮實實地激怒了何念甄。

兩眼死瞪著他，何念甄近乎咬牙切齒，「——孫景熙！」

眼球猶如充血似的，她被逼急了，連說話的聲音都變得陰沉。

「你敢這樣對我說話，就不怕我親手毀了她？」

聞言，孫景熙的眼神轉瞬變得漆黑，而後他如同器械一般，冰冷地吐出幾個字——

「那我就殺了妳。」

沒有任何喜怒哀樂，甚至沒有半分留戀，他手插口袋，說完話，背對何念甄離開。

我沒有再去注意何念甄什麼時候離開，直到最後一個人也不剩了，我的雙腳都還膠著在原地，兩眼睜得老大。

茫然滑坐地面，我拼湊著瑣碎的訊息，思緒開始有了端倪。

所以我會和孫景熙在上海碰面，其實不是巧合，而是他專程到上海來，就為了確保我的安全。包括昨晚我不勝酒力時碰見他，也都不是偶然，而是他發現何念甄跟蹤我，所以他才會……

我從沒想過真相大白會讓人這麼手足無措。

一切都來不及了……

明天一早他就會上飛機，跟著何念甄飛往某個我不知道的國度，澈澈底底從我的生命中消失，一點足跡也不會留下。

從今以後，我不會有機會再見到他，簡書憶和孫景熙的關係歸零到未曾相識的從前，這就是我們的結局。

終於，我還是失去他了。

膝蓋一縮，我摀著灼熱的眼皮，淚水盈滿眼眶，拓散開來成濕漉漉一片。

口袋裡的手機響了，我沒去接，就任由它去響。

鈴聲斷斷續續響了幾回我不清楚，我就只是一直哭，第一次像這樣哭得撕心裂肺，好像累積許久的疼痛在此刻統統要宣洩出來。

清晨，沒有人群的嘈雜，只有偶爾行經的自行車發出的清脆聲響。

牆邊被陰影籠罩的這一隅，一時之間壙埌得令人恐慌。

他不會回來了。

不會了。

回到住處，門前站著一位意外的訪客。

我停在不遠處，直視著不斷撥手機的他，于紹卓的神情有些許的焦慮。

「……進來吧。」走上前，我越過他，逕自開門。

「妳怎麼了？」這是于紹卓問我的第一個問題。

我正在為他斟倒熱茶，聽見後方有聲音，便抬起頭來，算是蓄意將嘴角拉抬出一抹弧度後，回頭。

「你沒頭沒腦的說些什麼？」

我故作輕鬆，一屁股坐到他身邊，「倒是你自己，特地跑來我家門口等我，應該是有事情找我

吧？」

說完，我將杯子遞給他。

「妳沒看到未接來電？我打了好幾通電話給妳，因為妳沒接電話，昨晚又跑去夜店，就有點擔心妳是不是一個人在家裡宿醉啊。」他接過我遞給他的茶水，輕吹幾口又放了下來，瞧見我一身的裝扮，他再度啟口。

「昨晚在外面過夜了？」

聞言，我的笑容僵住，于紹卓也很快就察覺我的異狀。

「妳果然發生了什麼事，對不對？」

站起身，我別開臉。

「我去一下廁所……」

「書憶，妳為什麼要逃？」

浴室不遠，但于紹卓就這麼一個問題往我扔來，我一步也跨不出去。

「于紹卓，你繼續把時間花在我身上，是不會有回報的。」

腳尖緩緩向後旋，我回頭看他，搖頭苦笑，「我努力過了。」

「我想過要忘掉孫景熙，但是當我發現他還活著，我的腦中沒有一分一秒不想到他；我也想過要全心全意和你在一起，但就算只是簡單的吃頓飯，我還是會忍不住想起孫景熙最愛哪些菜、最痛恨哪些氣味。我不能牽著你的手，心裡卻想著另一個男人，我不能夠利用你。」

于紹卓靜靜聽完，笑了，眼眶卻也紅了。

「什麼啊……我還以為妳要講什麼嚴重的事情。」

他執起馬克杯，豪飲了一大口，「其實最近社團來了一個學妹，個性不錯，我很欣賞她。前陣子我都沒去找妳吃飯，就是因為在追這個女孩子，畢竟我都大四了，同社團裡也有其他學弟在追她，我不加把勁不行啊。」

然後他與我對到眼，起身又將我拉回沙發上。

「別用懷疑的眼光看我，妳的事我早就已經看開了，現在我們就是好朋友，妳不需要對那件事耿耿於懷。」他摸摸我的頭，說：「好了，妳看我都這麼勇敢去追我喜歡的人了，妳是不是也應該好好向我這個臭小鬼看齊？」

我望著他，眼裡有些溼氣，心頭卻暖呼呼的。

「于紹卓……我希望，你一定要成為世界上最幸福的人。一定。」

他握起我的手，露出這輩子我看過最寬容的笑，「我會幸福。」

「只要妳答應我，努力去把握你和表哥的感情，好嗎？」

這是我和他，最後的一句對話。

街上，我用力奔跑著，人海茫茫的，我甚至不知道自己該上哪找孫景熙。

也許他正在家裡收拾行李，也許他已經和何念甄碰面，又或者他在離開臺灣以前，去了最值得紀念

的地方走走看看。

我毫無方向，只能想到哪、去到哪，一處一處地找。每當我看見高挑腿長的異性身影，我的心就被高高提起，最後又重重摔落。

我去了他家，發現大門的密碼鎖換了，就連電鈴按了也沒人回應；我去了他經常慢跑的河堤邊，除了正用噴槍生火烤肉的人群，眼下沒有任何成年人；我也去了他最喜歡的輕食咖啡廳，問了那個我們彼此都熟識的店長，仍然是一無所獲。

我去過所有他平時會去的地方、走進所有他喜愛的店家，從早，找到晚，過去從沒想過這麼小的一個城市，其實大得足以將我和孫景熙各自所處的角落，分裂成拼湊不起碎片。

真的……來不及了嗎？

壓著胸口，我大口大口地喘，最後來到公園的鞦韆旁。

也許是因為我們曾在這個地方許諾過，這輩子就當彼此不可取代的朋友，儘管心裡知道他可能只是隨口說說，我卻還是很當一回事。

以往，每過一年，我們就會一起到鞦韆旁的大樹下埋一張字條，留給隔年的彼此。

在組織的事爆發以後，我幾乎是刻意地迴避這個地方，不再留下任何訊息，也沒回來取過從前留下的紙條。

這次沒帶任何器具，我跪了下來，就用雙手挖開地面的土。究竟花了多少時間我不清楚，直到最後我從中翻出當年的玻璃罐，取出幾張捲成軸狀的字條時，孫景熙那率性卻不失工整的字跡，頓時令我兩眼溫熱。

「認識妳這種文學女性真的有不小的副作用。妳都不來了，這種時空膠囊的遊戲，我還像個傻子一樣一個人繼續玩。我知道妳氣壞了，但我還是不想失信於妳。」

靜靜閱讀著紙上的一字一句，兩行淚水滑過臉頰。

「終於，妳的噩夢結束了。擺脫我、擺脫組織，妳的人生回到原來該有的狀態，我早就該消失。妳可以澈底忘掉關於我這個人的一切，也可以乾脆就當作我死了，現在，我只希望妳能重新站起來。」

僅僅是讀完這兩條訊息，我就已經明白一件事。

孫景熙他……還是每年來。

即使是他消失的那段時間，他也不曾缺席過，甚至一年之內就來過數次。

缺席的人，竟然是我。

「我們不做朋友了吧。可能的話，我想換另一個身分，保護妳一輩子。多年來，我有過多次這樣的念頭，直到現在我才發現，只要有我在，妳就會一再的面臨危險。我對妳最好的保護就是離開妳。所以，別再對我牽牽掛掛了。」

他留下的最後一張紙條就是這個了。

抓著紙張一角，我不再有任何動靜，眼淚卻撲簌簌地流。我痛苦地抽噎幾口，最後撫著熱燙的眼，整個人哭得神情扭曲。

慌亂地揉掉眼淚，我扶著一旁的樹幹，磕磕絆絆從土面上站起。

「孫景熙你在哪裡？這上面墨水還沒全乾……你就在這附近對不對？」

我東張西望，四處在找尋著孫景熙的身影。

「你出來啊！為什麼要躲著我？為什麼這麼多年來，沒有勇氣對我說出真心話？我叫你出來見我，你聽見了沒有！」

對著空無一人的四周吶喊，我開始跑了起來；繞過樹下的長椅，池塘邊的涼亭，整座公園不曉得這樣來回兜了幾圈，最後我來到中央的水舞廣場。

停在廣場邊，隔著從地面噴起的水花，我看見對面也出現一抹人影。而後水柱越降越低，如同湍急的河水流向悠長的下游，漸漸趨於穩定。

即使横越這樣一個圓環的距離，我依然可以察覺那個人胸口細微的起伏，或許他也跑過，或許沒有。

我和他同時起步走向對方，此時廣場中央的燈光開始一盞一盞的亮起，映射成和諧的色調。當我們停下腳步，周遭的水花和燈光交互作用，色澤斑爛的水舞織起一層隱形的網，彷彿就此將我們和外界隔離。

見到他了。

我終於又見到孫景熙了。

「……我聽說妳出車禍。」

首次地，他在我面前表露出驚訝，此時的他沒有從前的游刃有餘，攢著手機的手，還有些僵硬在半空中。

「聽誰說？」

「剛才，接到紹卓的電話。」

即使我還沒對孫景熙否認車禍一事，在短短的一問一答裡，他似乎就已經明白發生什麼事。而後他像是累了也像鬆了口氣，就這麼席地而坐。

我大約能猜到，車禍大概是于紹卓為了讓我和孫景熙見面，而對他撒的謊。

那個濫好人……

謝謝你，于紹卓。

走到他身旁，我也坐了下來，「你不是一直在躲我嗎？這次被于紹卓騙過來，我以為你又要跑掉了。」

他既不承認也不否認，僅只是淡然瞥過我，唇邊揚起清淺的弧度。

「妳人沒事就好。以後晚上儘量不要一個人外出，要是真的有什麼需要，基本上紹卓都有辦法處理。現在不是有朋友了嗎？下次出門前，最好先讓人知道妳要去什麼地方，真的有狀況的時候才能——」

「你要走了嗎？」

不等他把話說完，我一句話已經發落下來。

他沒聲音了，那也就表示我說對了。

「在這個我們約定過要永遠維繫友誼的地方，你打算拋下這裡的一切、拋下我們的曾經，一個人離

開？」

「我和妳之間不是友誼，就連起先接近妳都是有目的的。」

「那為什麼你一聽到我出車禍就要趕過來？」

面對我的追問，孫景熙起身，「……現在追究這些已經沒有意義了，我還有事，妳也早點回去休息吧。」

說罷，他頭也不回。

「孫景熙——」我在他後頭，用力喊了出來。

「你對我最好的保護不是離開我，而是留下來，陪我面對所有的困難！」說著，我眼眶泛淚，「我看過你寫的瓶中信了，甚至還聽見今早你和何念甄的對話……孫景熙你這個膽小鬼！連心裡話都不敢當面跟我說，只敢偷偷摸摸寫在紙上，現在你還要偷偷摸摸離開臺灣！你這個王八蛋！」

在我一連串的斥罵下他終於回頭了，與我相望的同時，我彷彿能夠感受到他內心的掙扎。他的雙眼有些起霧，眸中一層薄薄的水份，在燈光的照映下成了波光粼粼的海面。

此刻的我們也許真的心靈相通了，他的混亂猶豫、我的百感交集，都藉由這一個眼神傳達到對方心中。

「像我這樣的男人……」撫額，他自嘲地笑，「妳怎麼會喜歡？」

「你在說些什麼？像你這樣的男人，天底下有哪個女人不喜歡？又高又帥……頭腦好、反應又快，你要我上哪找第二個可以陪我研究密碼學的孫景熙？」

慢慢走上前，我對他莞爾，「可是我不喜歡你太帥，我不喜歡所有女人都繞著你打轉。因為我喜歡你，我喜歡你老裝作一副花花公子的模樣，事實上卻紳士地為我拉下掀起的裙襬。我喜歡你從不說動聽的話，卻總是做出世上最動人的舉動。我喜歡你即使活在陰暗之中，也有不輸給陽光的力量。我喜歡你心口不一，喜歡你離我最近，喜歡你就是孫景熙。你呢？你喜歡我什麼？」

說話時我明明一直笑著，眼前的畫面卻逐漸被水幕攀蓋。

孫景熙聽完臉孔朝下，陰影隨之映在他挺直的鼻梁上，而後他伸手一拉，我頓時落入他懷裡。

「又哭……」他揉揉我的腦袋，語氣格外穩重，「好了，別哭了。」

他將我抱緊，聲音正好就落在我耳旁，「其實我一直都喜歡妳有我沒有的誠實，也喜歡妳雖不擅社交，卻對誰都一視同仁。不管是妳的直來直往，或嘴硬心軟，凡是有關於妳，總會讓我固執地想盡辦法去維持。」

「認識妳到現在，我瞞過自己的身分，也瞞過自己的目的，可是我真正對妳撒過最大的謊，其實是否認自己對妳的感情。」回憶一幕幕湧現，以往那些吵吵鬧鬧有如潮水，排山倒海而來。

輕輕將我從懷裡鬆開，他對我說，「其實，簡書憶，我喜歡妳。」

閉上眼，我的唇貼上他的。

「我也是。」

深夜，星星特別明亮。我和孫景熙行經天橋，就和再普通不過的情侶一樣，孫景熙主動牽起我的

手，十指交扣。

偶爾，我能聽見橋下幾輛車子經過的聲音，橋面上我們的影子淡長。抬頭看他，我不禁微笑。

「笑什麼？」他問。

搖搖頭，我還是笑，「沒什麼。」

嘴角一彎，這時他也笑了。

「是嗎……我看妳笑到口水都要滴下來了。」

我聽了忍不住搥他一下，「什麼話，你欠揍嗎？」

「不過，你打算怎麼處理何念甄的事情？她會不會一直在機場等你啊。」

以她那種偏激的個性，搞不好後續還會有什麼報復行動。

「妳是在擔心她有什麼報復行動嗎？」

完全被孫景熙看穿心裡想法，我頓時一愣。

「……你怎麼知道？」

駐足，孫景熙輕笑。

「因為我是最了解妳的人。」

我一聽，笑開，「什麼啊！自大狂。」

又走了幾步，我開起玩笑，「硬要這麼說的話……我這是何德何能，才能在芸芸眾生之中，被你這個數學系男神看見？」

原以為孫景熙同樣會以幽默的方式，來回應我刻意浮誇的玩笑，沒想到他卻是首次地，鄭重地答覆。

「幸運的人是我才對。」

他將我兩手都牽住，視線直達我眸底，我不由得感到心跳加速。

「妳也許不知道，對我這種長期生存在黑暗中的人來說，生活早就沒有太大的意義。我爸媽在我十歲時，以竊盜殺人的冤名入獄，我永遠都記得當時所謂的親朋好友，是用什麼樣鄙夷的眼光看待他們。十歲的我沒有能力證明他們的清白，所以只能眼睜睜看著他們被處死。」

這是孫景熙第一次提起自己的過去，有別於以往那種不把凡事放在眼裡的率性與自由，現下他的口吻越是平淡無奇，我越能感受到他曾經的痛不欲生。

「他們死後，我終於明白，這個社會是沒有正義的。所以我答應了組織的邀請，在十六歲那年，我靠自己的力量找出真正的兇手。這時候何念甄出現了，她欣然接受這個從天而降的實驗體，我看到那個人身上被灌注幾根毒針，冰庫裡存放了他的四肢，我沒有任何的感覺。」

講到這裡我已經不想聽他再說下去了，那種暗不見天日的往事，我真的不希望他持續去回想。然而孫景熙卻像已經對疼痛麻痺，從頭到尾，他就只是很平靜地追溯著一些連旁人聽了都覺得血淋淋的記憶。

「我一直都相信情感的牽絆只會礙事，長久以來我不曾真正在乎過什麼人、什麼事，就連組織要我利用同樣失去父母這點，去同理妳的心情、成為最靠近妳的人，當時的我也沒有半點動搖。」牽著我，他倒退著走，目光沒有一刻從我身上移開。

「日子久了以後，我開始變了。我開始發現自己不想傷害妳，甚至也不允許任何人傷害妳；我開始習慣妳只對我一個人笑，開始懂得什麼叫在乎，當我發覺自己慢慢習慣這些改變，生活也開始出現意義。」

在月光灑落的中央，他捧起我的手，像虔誠的信徒那樣闔眼，輕吻我手背。

「書憶，謝謝妳成為我生命中的習慣。」

聽完最後這句話，一陣溫熱襲上雙眼。

跨步上前，我主動擁住他。

「你想感謝人，光靠嘴上說說多沒誠意啊？」

含著淚，我甜蜜地笑，而後迎來孫景熙分外誠摯的話語。

「那要怎麼樣才算有誠意？」

「答應我一件事，孫景熙。」我說，悄悄自他懷中退開，「今後不管發生什麼事，不論好的壞的，都讓我陪你一起承擔。」

他矚視著我，頓住。

夜空中，疏星幾點，微光連成一線。

沒有太多的甜言蜜語，孫景熙伸手撫上我的臉頰，終於，會意地點頭。

曾經我眷戀我們之間的從前，曾經我願用一切換取我們之間的奇蹟，如今他回來了，我卻不把我們的重逢視作奇蹟。

因為奇蹟只發生在浪漫的愛情故事裡，而我和他，沒有流星一般的浪漫，沒有海誓山盟的承諾。僅有的，就只是相信彼此的兩顆心。

對我來說，僅僅是這樣就已經足夠。

也許前方還有重重難關在等著我們，爸所留下的後患、沉寂許久的組織，還有叔叔的實驗室近期碰上的狀況，至今種種未解的難題……我深信只要兩個人在一起，所有考驗最終都將迎刃而解。

額頭輕輕相靠，像是慣有的默契，彼此相視而笑。

終究還是非他不可，至今我才明白——

當時解開密碼的你我，早已將彼此鎖進習慣裡。

全文完

要青春51　PG2278

要有光 FIAT LUX

將有你的習慣，加密

作　　者　思　末
責任編輯　鄭夏華
圖文排版　周妤靜
封面設計　蔡瑋筠

出版策劃　要有光
發 行 人　宋政坤
法律顧問　毛國樑　律師
印製發行　秀威資訊科技股份有限公司
114台北市內湖區瑞光路76巷65號1樓
電話：+886-2-2796-3638　傳真：+886-2-2796-1377
http://www.showwe.com.tw
劃撥帳號　19563868　戶名：秀威資訊科技股份有限公司
讀者服務信箱：service@showwe.com.tw
展售門市　國家書店（松江門市）
104台北市中山區松江路209號1樓
電話：+886-2-2518-0207　傳真：+886-2-2518-0778
網路訂購　秀威網路書店：https://store.showwe.tw
國家網路書店：https://www.govbooks.com.tw
總 經 銷　聯合發行股份有限公司
231新北市新店區寶橋路235巷6弄6號4F
電話：+886-2-2917-8022　傳真：+886-2-2915-6275

出版日期　2019年9月　BOD一版
定　　價　320元

國家圖書館出版品預行編目

將有你的習慣,加密 / 思末著. -- 一版. -- 臺北
市 : 要有光, 2019.09
面 ;　公分. -- (要青春 ; 51)
BOD版
ISBN 978-986-6992-24-7(平裝)

863.57　　108013972

讀者回函卡

感謝您購買本書，為提升服務品質，請填妥以下資料，將讀者回函卡直接寄回或傳真本公司，收到您的寶貴意見後，我們會收藏記錄及檢討，謝謝！如您需要了解本公司最新出版書目、購書優惠或企劃活動，歡迎您上網查詢或下載相關資料：http:// www.showwe.com.tw

您購買的書名：________________________________

出生日期：________年________月________日

學歷：□高中(含)以下　□大專　□研究所(含)以上

職業：□製造業　□金融業　□資訊業　□軍警　□傳播業　□自由業

□服務業　□公務員　□教職　□學生　□家管　□其它_____

購書地點：□網路書店　□實體書店　□書展　□郵購　□贈閱　□其他

您從何得知本書的消息？

□網路書店　□實體書店　□網路搜尋　□電子報　□書訊　□雜誌

□傳播媒體　□親友推薦　□網站推薦　□部落格　□其他__________

您對本書的評價：(請填代號　1.非常滿意　2.滿意　3.尚可　4.再改進)

封面設計____　版面編排____　內容____　文／譯筆____　價格____

讀完書後您覺得：

□很有收穫　□有收穫　□收穫不多　□沒收穫

對我們的建議：________________________________

____

____

____

請貼
郵票

11466
台北市內湖區瑞光路 76 巷 65 號 1 樓
秀威資訊科技股份有限公司 收
BOD 數位出版事業部

（請沿線對折寄回，謝謝！）

姓　名：________________　年齡：________　性別：□女　□男

郵遞區號：□□□□□

地　址：________________________________

聯絡電話：（日）________________（夜）________________

E-mail：________________________________